Satoshi Wagahara
Illustration ■ Oniku

和ケ原聡司
插畫■029

U0082425

打工吧！魔王大人

18

Kadokawa Fantastic Nov

打工吧！魔王大人

和ヶ原聡司
插畫■029
Satoshi Wagahara
Illustration■Oniku

18

Kadokawa Fantastic Novels

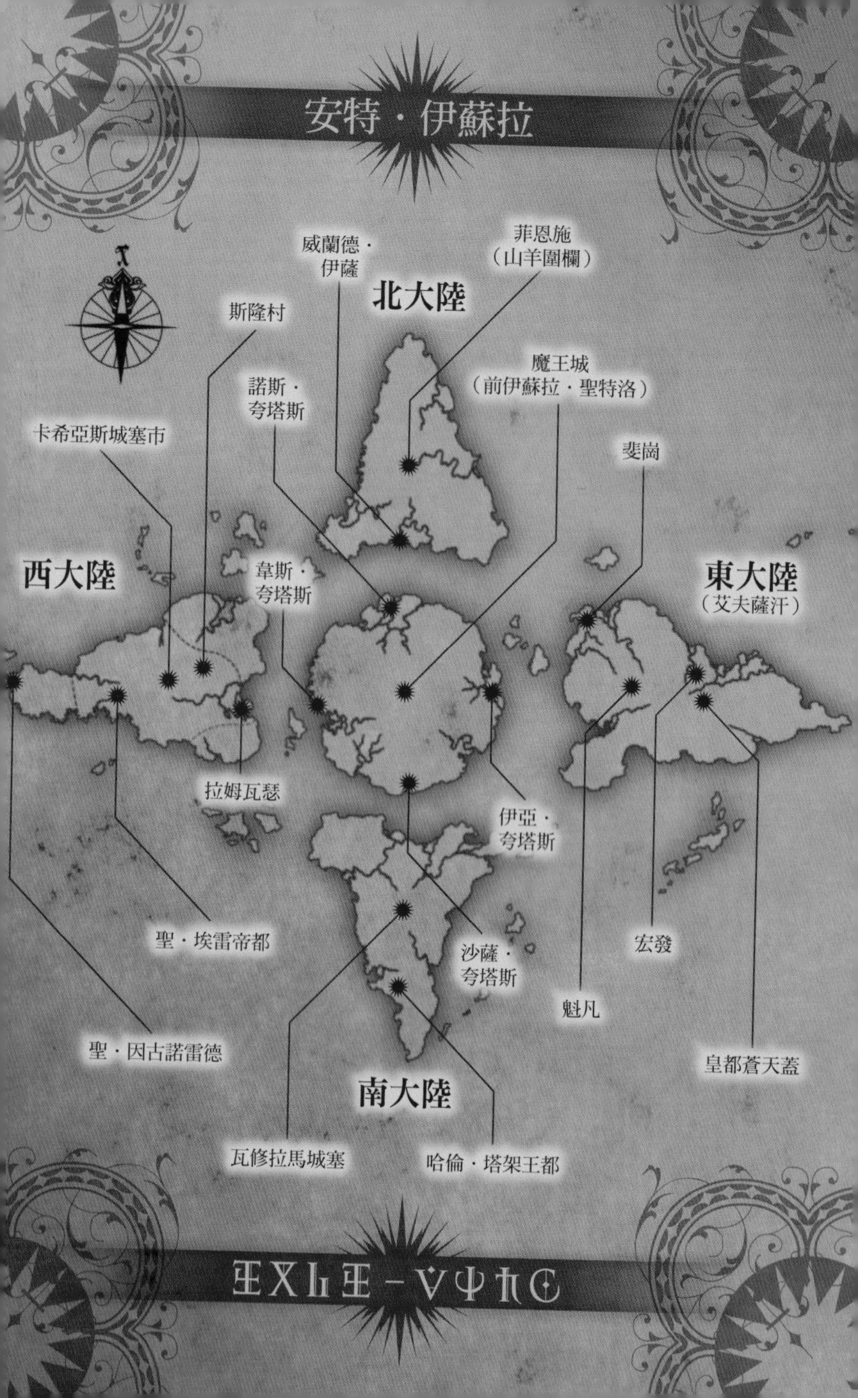
安特・伊蘇拉
北大陸
威蘭德・伊薩
菲恩施（山羊圍欄）
斯隆村
魔王城（前伊蘇拉・聖特洛）
諾斯・夸塔斯
卡希亞斯城塞市
斐崗
西大陸
韋斯・夸塔斯
東大陸（艾夫薩汗）
拉姆瓦瑟
伊亞・夸塔斯
聖・埃雷帝都
沙薩・夸塔斯
宏發
魁凡
聖・因古諾雷德
皇都蒼天蓋
南大陸
瓦修拉馬城塞
哈倫・塔架王都

18

Satoshi Wagahara
Illustration Oniku

和ケ原聡司

插畫 029

打工吧★魔王大人

Kadokawa Fantastic Novels

高中女生，思考未來

榻榻米上的被爐上，擺了六碗熱騰騰的白飯。

另外還有味噌湯、魚乾、醃菜和蔬菜沙拉。

六個人圍在一起享用這頓理想的日式早餐，其中一人開口說道：

「千穗小姐，後來狀況如何……？」

鎌月鈴乃充滿擔憂的問題，讓佐佐木千穗嚴肅地點了一下頭。

拿在左手上的味噌湯，也配合千穗的動作微微晃動。

「看起來和平常差不多。雖然感覺話變得比以前少，但考慮到才剛發生過那樣的事，這也是無可奈何。」

「總是讓佐佐木小姐替我們費心，真是不好意思。畢竟我們這邊一次發生太多事，實在是來不及對應。」

坐在鈴乃旁邊的蘆屋四郎，以眼神向千穗致意。

「這也是沒辦法的事。我也知道目前狀況非常艱難。不如說只能幫忙做這種事，才讓我覺得不好意思。其實我很想為大家多出一點力……」

千穗稍微垂下視線，接著某人從她旁邊說道：

「真是陰沉！妳的個性應該沒纖細到這樣就會消沉吧。一定是因為沒有好好吃飯。妳已經升上高三了吧？如果只想著減肥，大腦的營養會不夠喔！要再添飯嗎？」

男子的聲音聽起來格外開朗。

千穗皺起眉頭瞪向男子，順便指向放在自己眼前的碗。

「加百列先生，請你別講得好像人家神經很大條一樣！麻煩你再幫我盛一碗飯！」

「能吃的時候還是會吃呢。好好好，等我一下。」

在結實的肌肉與T恤上不自然地圍了一件烹飪用圍裙的人，不是真奧、惠美或漆原，而是負責保護安特．伊蘇拉魔王城的大天使加百列。

「真是的，一起生活過後才知道，這些天使真的是毫無節操。真虧人類有辦法崇拜這些傢伙。」

坐在千穗旁邊、同樣瞪著加百列的男子，雙手各有一根長到異常的爪子，但他仍靈巧地使用筷子。

「法爾法雷洛，你這麼說就不對了。我們崇拜的不是這種貨色，而是名為天使的概念。」

鈴乃苦笑地回應馬勒布朗契現任首席頭目法爾法雷洛的諷刺。

「妳這個聖職者，別用『貨色』稱呼別人啦……你們還要再添飯嗎？」

加百列不悅地俯瞰鈴乃說道。

「我要再來一碗。加百列，麻煩幫我盛多一點。」

「好好好，大碗的對吧。拿去。」

艾伯特．安迪將碗遞上前，並接在鈴乃和法爾法雷洛之後發言。

「不過感覺真的一口氣發生不少問題，讓情況突然變得非常可疑呢。」

艾伯特從加百列那裡接過大碗白飯後如此說道，這句話讓除了加百列以外的所有人都露出凝重的表情。

「就是啊。不曉得魔王大人有沒有好好吃飯……希望他別因為忙著照顧漆原……以及受傷的卡米歐大人和基納納而導致營養失衡……」

「……呃，我並不是在擔心魔王的飲食生活……」

「我今天來這裡時，有順便留下幾樣配菜。諾爾德先生偶爾好像也會送些慰勞品給他。在發生之前那件事後，基納納先生也變得安分許多。」

「……呃，我們現在不是在談魔王的飲食……唉，算了。」

艾伯特的吐槽對蘆屋和千穗一點效果也沒有，而被與受傷的雞和蜥蜴等同視之的漆原更是無人關心。

六人所在的魔王城，是安特．伊蘇拉的魔王城。

雖然所謂的魔王城原本就是指這裡，但這段和平常不太一樣的六人早餐時光，還是讓人覺得有點不可思議。

前不久，才出現一個能夠同時擊敗魔王城之主真奧貞夫與其宿敵遊佐惠美的強敵。

而幾乎就在同一時間，安特．伊蘇拉西大陸也傳出了魔王城與魔王軍將再度來襲的警訊。

儘管滅神之戰的首腦們為了交換情報而聚集在一起吃早餐，但除了加百列看起來一派悠哉以外，其他人用餐時都一臉凝重。

※

為了從天界的天使們手中奪回阿拉斯．拉瑪斯的兄弟姊妹，真奧貞夫發起了滅神之戰，然而在這段期間，他留在日本的最大目標——麥丹勞的正式職員錄用考試，居然落選了。

與此同時，連貝雷魯雷貝魯貝族的基納納出現在代代木公園，而且那名惡魔似乎握有若想利用安特．伊蘇拉的魔王城攻進天界，就一定要找到的最後一樣大魔王撒旦的遺產——阿斯特拉爾之石。

活過漫長歲月的基納納記憶已經變得模糊不清，因此即使正因為沒通過正式職員錄用考試而沮喪，真奧還是必須照顧這隻痴呆的老蜥蜴。

真奧的宿敵遊佐惠美，以及對真奧抱持好感的佐佐木千穗，都擔心沒能當上正式職員的真

奧，會不會重新走上惡魔之王的道路，不曉得該怎麼應對真奧的兩人，決定幫忙照顧基納納，趁機觀察真奧的情況。

之後基於和惠美與千穗不同的原因，擔心真奧後續發展的麥丹勞幡之谷站前店店長木崎真弓，也在收到調職命令後，決心要在幾年後創業開設酒吧。

木崎邀請真奧和大天使沙利葉當她的創業夥伴，沙利葉也立刻答應了。

真奧表示如果木崎獨立時自己有空，就會答應她的邀約，讓惠美和千穗白擔心了一場。

意外得知「真奧強烈希望繼續留在日本生活」後，惠美和千穗都鬆了口氣，既然確定聚集在Villa・Rosa笹塚的夥伴們在滅神之戰結束後也不會斷絕關係，那剩下的就只有認真替滅神之戰做準備了。

為了確認基納納是否就是阿斯特拉爾之石，真奧、惠美以及與兩人融合的「基礎」碎片姊妹阿拉斯・拉瑪斯和艾契斯・阿拉，連同惠美的母親大天使萊拉和養育真奧長大的惡魔大尚書卡米歐一起前往魔界。

真奧在魔界找到了被基納納當成根據地、能夠從惡魔身上奪取魔力的神祕地下設施，並查明基納納就是阿斯特拉爾之石，以及大魔王撒旦的遺產還隱藏了其他祕密。

就在這時候，過去曾在安特・伊蘇拉東大陸的上空現身過的神祕太空人，再次出現在他們面前。

儘管無法辨識對手的體型和長相，但至少能夠確定那名太空人是真奧他們的敵人。

在太空人將聖劍連同阿拉斯・拉瑪斯一起從惠美手中搶走，並讓萊拉失去鬥志後，就只剩下失控的艾契斯能用拳頭和那名太空人抗衡。

居然有連身為最強戰力的真奧和惠美都無法應付的敵人存在，這個事實讓萊拉大為動搖。

然後，位於安特・伊蘇拉的魔王城也收到了噩耗。

在大法神教會六大神官的首席羅貝迪歐・伊古諾・瓦倫蒂亞去世的同時，剩下的四名大神官從天使那裡獲得了神諭，並決定派遣教會騎士團大舉進軍中央大陸。

圍繞著滅神之戰的各種狀況，突然面臨了好幾個巨大的障礙，為魔王軍帶來了極大的衝擊。

而真奧等人至今仍未想出有效的對策。

※

「不過幸好魔王他們的身體狀況沒有大礙。」

「因為我有好好在監視他們！阿拉斯・拉瑪斯妹妹的融合狀態似乎也順利恢復，讓遊佐小姐鬆了口氣。」

「不過那個叫『太空人』的傢伙，在東大陸之前發生動亂時，也曾跑來搗亂吧？這樣加百列應該知道些什麼吧？」

「唔！」

艾伯特一指出這點，正在替六人收拾早餐餐具的加百列就嚇得縮起身子。

「太誇張了吧。」

加百列做作的反應，讓千穗厭煩地如此說道，前者連忙搖頭辯解：

「雖、雖然你們可能不會相信。」

「誰會信啊。」「別說謊啊。」「你隱瞞了什麼吧。」「老實招來。」「所以我才討厭天使。」

「我什麼都還沒說吧！」

即使是加百列，在開口前就被群起撻伐還是會感到沮喪。

「我知道聽起來很像謊話，但我對那個太空人真的一無所知。」

「鬼才信。」「別說謊啊。」「果然隱瞞了什麼。」「給我老實招來。」「所以我才討厭那些天使。」

「聽我說啦！」

被所有人用相同的話重新指責了一次後，加百列反駁：

「我沒說謊啦！而且這可不是『只是我也沒說實話』的意思！我是真的什麼都不知道！艾伯特說的是我和魔王在蒼天蓋戰鬥時發生的事吧？當時不論天使或人類，只要是使用聖法氣的存在全都被吸過去了吧？我從來沒見過那種現象！這是真的，相信我啦！」

畢竟這段話是出自存在本身就非常可疑的加百列口中，所以在場的五人都不太相信他，但總之看來是無法從加百列那裡取得有用的情報。

「怎樣啦……我說的都是真話……」

加百列也察覺其他人明顯仍在懷疑他，但考慮到他過去的所作所為，他也無法表現得太強硬。

「先不管對手的真實身分，真奧哥和遊佐小姐都受到了很大的打擊。據漆原先生所說，真奧哥最近一直在煩惱這件事，甚至還因此冷落了基納納先生。」

「雖然路西菲爾的話只有一半能信，但我在魔王之前沒當上正式職員時就曾經想過，他意外地不太能承受挫折呢。」

千穗沒有否定鈴乃的感想。

「正因為付出許多辛勞，並屢次獲得成功，失敗時才會格外難受。而且木崎小姐離開後，店裡各方面都亂成一團，所以真奧哥也累了吧。」

「雖然還有萊拉和天禰小姐在，但這樣或許有點不妙呢……那個叫基納納的惡魔，一點都

不聽魔王大人的話，根本就是隻怪獸。既然已經確定他是大魔王撒旦的遺產之一，就必須要妥善管理才行。」

「怪獸啊……」

「的確。從留在後院的破壞痕跡來看，他應該用強大的魔力施展了相當高等的魔法。」

一想起自己在Villa・Rosa笹塚後院打造的家庭菜園，已經被基納納用魔法摧毀，鈴乃的眼神就變得有些空洞。

「既然魔王大人和路西菲爾大人沒有餘力照顧基納納大人，那就應該把他帶回安特・伊蘇拉吧？我們的魔力不是對日本的人類有害嗎？」

「確實是這樣沒錯，不過視教會的動向而定，如果將無法控制的龐大魔力留在這裡，會造成許多麻煩。若是像你們這樣能溝通的惡魔倒還好，但那隻蜥蜴已經痴呆了吧？要是不小心被教會發現，或許他們會立刻召集人手討伐惡魔的餘黨。」

「唔……人類真是有夠麻煩……」

在六大神官的實質領導者羅貝迪歐去世後，其他大神官透過「聖夢」收到了神諭。

如今那已經對聚集在魔王城的成員們構成了純粹的威脅。

那道神聖的神諭內容是：「擾亂世界的邪惡將再次聚集到世界的中心。人類啊，再次團結起來，討伐邪惡吧。」

安特．伊蘇拉人對魔王軍的威脅都還記憶猶新，所以對他們來說，再也沒什麼比這更淺顯易懂的宣告了。

不管問誰，都會認為這表示惡魔的餘黨聚集在中央大陸圖謀再起。

所以情況已經發展到無論是再怎麼瑣碎的情報，都不能洩漏的時期。

再加上許多國家的中樞，都已經掌握了艾謝爾和馬勒布朗契族與東大陸的動亂有關的情報。

儘管魔王軍的威脅已經消失，但在這個世界的某處仍有惡魔存在，這已經是公開的祕密。

正因為如此，現在不論是對蘆屋他們，還是安特．伊蘇拉的人們來說，中央大陸的舊伊蘇拉．聖特洛周邊都成了極為敏感的地區。

魔王城目前所在的舊伊蘇拉．聖特洛都會區，原本已經完全被五大陸聯合騎士團劃為禁止進入的區域。

魔王城聚集了由盧馬克和艾美拉達率領的聖．埃雷騎士、由鈴乃率領的訂教審議會的聖職者，以及東大陸的八巾騎士團，他們主要的任務就是在雙重意義上警備這塊禁區。

雖然原本就連五大陸聯合騎士團的人都絕對不會靠近魔王城，但自從蘆屋等人開始替滅神之戰做準備後，這幾個月來人類完全沒有警戒這塊區域，這全都多虧了他們努力不讓世人注意到魔王城的存在。

不過自從那道神諭出現後，即使他們擴大了禁區範圍並加強警戒，還是得提防有人從遠距離用肉眼觀察，或是使用法術進行探查。

或許是怕會打草驚蛇，至今還沒有人對這裡發射探查法術的聲納。

話雖如此，現在這個瞬間也可能有人正在監視，這世界目前就是處於這樣的狀況。

如果是優秀的法術師，就算不發出聲納，也能輕易感應到基納納那股不受控制的龐大魔力，就這點來看，無論是讓基納納留在日本或安特．伊蘇拉，都會伴隨不同類型的危險。

「那麼，貝爾元帥，您覺得那些人類組成的聖軍，具體來說大概何時會開始行動呢？」

「現實上來說，位於世界各地的教會騎士團不可能立刻就展開行動，但也不可能拖上好幾個月。他們應該會分批派出士兵，這樣不管再怎麼樂觀，都頂多只有兩個月的餘裕吧。」

「兩個月啊。是個說長不長，說短不短的微妙時間呢。」

「這是發展成全面戰爭所需的時間，即使更早就開戰也不奇怪。駐留在中央大陸四都市的五大陸聯合騎士團中，也有很多人同時隸屬教會騎士團。」

在魔王軍入侵前，大陸央都伊蘇拉．聖特洛可說是整塊大陸的中心。

不過在中央大陸北端的諾斯．夸塔斯、東端的伊亞．夸塔斯、南端的沙薩．夸塔斯和西端的韋斯．夸塔斯，都各自設立了能夠獨立活動的行政府，在魔王軍撤退後，中央大陸的行政主要是以戰時損害較少的諾斯．夸塔斯和伊亞．夸塔斯為中心在運作。

為了復興中央大陸而組織的五大陸聯合騎士團，在那四座都市也都有設置據點，儘管只占少數，但當中也有隸屬於教會騎士團的集團。

視五大陸聯合騎士團與教會騎士團的協調狀況而定，剩餘的時間可能會再產生變化。

艾美拉達・愛德華和海瑟・盧馬克一收到聖夢的消息，就緊急趕回本國。

這是因為她們現在除了必須掌握五大陸聯合騎士團的動向以外，也不能錯過各國與教會的任何動靜。

而鈴乃之後也得接著離開這裡。

「大概能拖延多久？」

鈴乃皺起眉頭回答蘆屋的問題：

「這已經是假設我、艾美拉達小姐和盧馬克將軍都全力拖延，才能爭取到的時間了。」

「如果是這樣，那狀況還滿絕望的。」

鈴乃點頭贊同，然後順道看向千穗。

「還有之後最好盡量別往來日本或與那邊聯絡。我們魔王軍過去之所以能在這裡悠閒地活動，是因為五大陸聯合騎士團是一群腦中只想著爭奪權勢的烏合之眾。萬一因為『門』或概念收發，讓人察覺強大力量的痕跡或異世界日本的存在，或許連五大陸聯合騎士團都會展開行動。艾謝爾，到時候狀況將會變得比你被綁架時還要嚴重。」

鈴乃說出「我們魔王軍」這個詞時，蘆屋和千穗都苦笑了一下。

「這樣確實會為笹塚與日本帶來危險。尤其是南方的騎士團原本就被捲入了哈倫諸王家的紛爭，或許會因為急於立功而進攻日本。」

過去東大陸的八巾騎士團曾經因為被天使唆使而派兵前往笹塚。

儘管現在已經獲得志波和天禰的協助，蘆屋和鈴乃基於個人的感情，還是不希望再給日本添麻煩。

「我能理解使用開門術的風險，但就算用天使的羽毛筆也不行嗎？那個不會用到強大的聖法氣或魔力吧。」

面對千穗的問題，鈴乃稍微思考了一下後回答：

「如果真的有必要，還是會使用天使的羽毛筆，不過這樣惡魔們就比較不方便了。」

鈴乃看向無法使用天使的羽毛筆的惡魔，但蘆屋似乎不怎麼介意。

「無所謂。反正目前沒有需要勞煩魔王大人的事情，漆原要留在日本照顧基納納，而我也沒有必須回日本處理的工作。比起這個，如果利用天使的羽毛筆或萊拉，難道不會產生被教會發現天使行蹤的風險嗎？一旦發現天使，教會應該會變得更有幹勁吧。」

「正好相反，會變得更加慎重。畢竟光是認定天使、奇蹟與神的程序，就要花費龐大的時間。」

「站在我們的立場，要是他們隨便認定冒牌貨也很困擾。」

「既然真貨是這副德性，那我也能理解他們為何想找比較像樣的冒牌貨。」

「艾謝爾……你講話真不留情面……為什麼這裡的人都對我這麼不重視……我好歹比一般的騎士還要會用飯盒煮飯。」

與其讓人知道有會和騎士比賽誰比較擅長用飯盒煮飯的天使存在，不如讓教會認定看起來比較神聖的冒牌貨，對信徒們的心理健康也比較好吧。

「教會騎士團這次的動員，絕對會是史無前例的規模。」

鈴乃有些缺乏自信似的放低聲音。

「六大神官現在只剩下四人。這次的狀況和規模可說是前所未有，不管要怎麼行動，在決策方面都會花上不少時間。然而從剩下四位大神官的權力關係來看，只要讓賽凡提斯大人拿到主導權，就再也沒人能阻止他了。」

「賽凡提斯．雷伯力茲……六大神官中最年輕的一位，我記得在艾美拉達．愛德華接受異端審問時，就是他負責向聖．埃雷致歉。」

「他是個討人厭的傢伙。那件事明明完全是教會的錯，他居然還能夠在不留下遺恨的情況下完成交涉，可見他有多麼厲害。雖然聖．埃雷在教會面前本來就抬不起頭，但還是很異常。」

艾伯特不悅地說道，看來賽凡提斯是個難以應付的人物。

「在教會失去了奧爾巴和羅貝迪歐這兩個年邁的首腦後，立刻就將龐大的組織穩定下來的年輕首腦啊，真是個了不起的男人。」

蘆屋偏離主題的感想，讓艾伯特皺起眉頭說道：

「現在是說這種話的時候嗎？教會可是我們的敵……」

「教會不是敵人。至少現在還不是。」

「……真是的，看來惡魔也和人類一樣麻煩呢。」

艾伯特有些受不了似的聳肩，然後像是在揶揄法爾法雷洛般如此說道，但法爾法雷洛完全不為所動。

「……總而言之，在過去的歷史上……教會騎士團的這種大規模動員被稱作『聖征』……按照規定，在發起聖征前，必須先審查是否所有程序皆符合教義。這部分是由訂教審議會負責審查，而且像這種大事，一定得由我這個總負責人親自處理，所以在正式開始行動前，我都無法回到魔王城。」

「不如說真虧妳之前能一直留在日本。艾美一直都很羨慕妳呢。」

「這表示安特．伊蘇拉之前就是如此和平，沒有發生需要我這個最高負責人親自裁決的大事。可以的話，真希望這種情況能一直持續下去。」

「不然等這場戰爭結束後，妳就辭掉聖職者的工作吧。乾脆去艾美那邊找新工作如何？」

鈴乃有些難過地說道，艾伯特則是格外悠哉地如此提議。

「我好歹是個身負重任的人，就算要辭職也得看時機，還必須考慮繼任人選的事情，沒辦法這麼容易就退休……唉，不過我會當成未來的其中一個出路考慮。」

鈴乃也隨口回應，但千穗不知為何驚訝地看向兩人。

「未來的……出路……」

不過鈴乃和艾伯特，都沒注意到千穗的喃喃自語。

聳立在安特·伊蘇拉中央大陸的魔王城。

鋪在寶座大廳裡的三坪大榻榻米，以及放在上面的被爐與六個飯碗。

在場的人們，談論的是未來的話題。

千穗放下空碗，稍微垂下頭。

「我會再想辦法透過概念收發以外的方式聯絡。這裡的人類軍，就先全部交給艾伯特先生指揮。不好意思，之後就拜託你們了。」

「妳、艾美拉達和盧馬克都要離開啊，這可不是少了主要戰力那麼簡單。光靠我和艾伯特，不曉得能做到什麼程度。」

「即使如此，還是要做。應該說不做不行。」

鈴乃以寂寞但蘊含堅強意志的眼神，微笑地說道。

「不然就無法實現阿拉斯・拉瑪斯的願望。」

「嗯。妳說的沒錯。」

蘆屋也點頭起身。

「別太亂來啊。」

「這是我要說的話。」

大法神教會訂教審議會首席審議官和魔王軍惡魔大元帥，像是在Villa・Rosa笹塚的公共走廊商量購物的事一樣，針對足以影響世界趨勢的話題，簡單地互相勉勵。

「千穗小姐也是……不好意思在妳正辛苦的時候給妳添麻煩。學校和店裡應該都很忙吧。」

鈴乃最後向千穗如此說道，然後從懷裡拿出天使的羽毛筆。

「魔王他們的事，以及日本的事就拜託妳了。」

「好、好的。我知道了。鈴乃小姐也要小心……」

聽完千穗的回答後，鈴乃露出放心的表情，她帶著微笑走下榻榻米，將天使的羽毛筆插在寶座大廳的地板上。

之後她頭也不回地，就直接跳進打開的「門」裡。

五人在替她送行後，都露出複雜的表情。

蘆屋獨自起身，從寶座大廳的窗戶俯瞰遠方的風景。

從中央大陸的森林樣貌，看不太出來現在是什麼季節。

鈴乃剛才對艾伯特說希望能夠「維持現狀」，這讓蘆屋想起他們在日本的生活，即將迎接第二次的四月。

他開始思考至今的事情，以及接下來兩個月的事情——

「那麼，今天晚餐要煮什麼好呢。」

然後如此低喃。

※

即使寒冷的冬天已經結束，天氣依然尚未變暖，時間邁入四月一日，同時也是新年度的首日。（註：日本的四月一日為新年度的開始。學校是新學期開學，社會新鮮人也在這天正式到公司報到。）

三根遠比人的身高還長的細長物體，從笹塚的百號大道商店街朝笹塚站前進。

春假期間依然去武道場練習的千穗，以及千穗的同學兼朋友東海林佳織和江村義彌三人，正一起走在回家的路上。

「像這樣拿著走，就會發現平常能寄放在學校是多麼可貴呢。」

額頭微微冒汗的佳織，撥開黏在額頭上的頭髮嘟囔道。

「糟糕，到底該放哪裡才好。我還沒整理房間耶。」

旁邊的義彌也同樣一臉苦澀。

「明明春假前就說過今天要自己帶回去，你到底在幹什麼啊。」

佳織傻眼地說道，讓義彌一時不曉得該如何回應。

總而言之，就是嫌麻煩所以完全沒準備——

「不過帶回家後，就會發現真的很長呢。我之前帶回家時，差點就要碰到房間的天花板。然後才想起去年也想過同樣的事。」

但走在兩人旁邊的千穗，也贊同似的點頭。

三人正扛著自己參加社團活動時使用的弓。

這些弓平常是寄放在學校弓道場的社團辦公室，只有參加比賽時會帶出來。

不過學校之前宣布今年春假，包含弓道場在內的所有體育相關設施都要進行防蟻處理和清掃，因此學生們必須把私人物品全都帶回家。

「我們的弓雖然長，但不怎麼重，劍道社的同學應該更辛苦吧。」

「劍道社也要把東西帶回去嗎？他們不是都把整套防具裝進寫有自己姓名的袋子裡？這樣

應該不用擔心會不見吧？」

「畢竟會有外部的業者出入。萬一裝備破損或遺失，會釀成大問題吧。」

「啊，原來如此。」

「唉，不用每天都帶回家已經算很好了。話說佐佐木，為什麼妳前陣子要把弓帶回去啊？」

安特．伊蘇拉北大陸會定期舉辦名叫「支爾格」的大會，以選出新的「圍欄之長」，千穗在春假開始前，曾經為了參加那場大會而特地將弓帶回去。

千穗不僅參加了考驗射箭技術的大會，還在借助許多人的力量後，拿下了人生第一次「優勝」，而她當然也有事先想過被人問到時要怎麼回答。

「因為之前參加社團活動時，感覺弓的聲音變得有點奇怪，讓我非常在意，所以就拿去請店家幫忙檢查了。我剛好也想買新箭，可以順便試試看合不合。」

千穗真的有為了參加支爾格而狠下心購買新箭，在支爾格結束後，也確實有去過弓具店。

因為千穗用的弓裝的是近靶用的弦，但她在由支爾格優勝者執行的奉射之儀中，射中了一百公尺外的遠靶。

用「基礎」碎片的力量拉弓，會對弓造成超越一般常識的負擔。

為了保險起見，千穗特地將弓帶去給店家檢查，但結果弓本身似乎沒什麼問題。

以現代技術打造的玻璃纖維弓強韌的程度，讓千穗驚歎不已，接著在採購完已經磨損的弓弦後，她的支爾格就悄悄地結束了。

千穗也已經跟父母做過相同的說明，姑且不論背後的真相如何，這個說法有九成是實話，所以千穗講起來非常流暢，最後也沒被懷疑。

佳織和義彌當然也絲毫沒有起疑心，只是兩人的反應和千穗的父母截然不同。

「這樣啊。佐佐木，妳上大學後也想繼續練弓道嗎？」

「……咦？」

雖然千穗被這個出乎意料的問題嚇了一跳，但佳織也自然地加入話題。

「當然會繼續吧。難得買了這麼貴的東西，目前又沒有其他想投入的運動，如果環境允許，佐佐應該也會想繼續吧。」

「……呃，嗯，是啊。」

千穗沒預料到這個問題，所以慢了一拍才回答。

「之後還剩最後一次大賽，我看我也去買新箭好了。大學的弓道社，應該遠比我們這種弱校嚴格吧。我也姑且先從有弓道社的學校，挑了幾間志願學校。」

千穗總算注意到一件事。

他們已經是高三生了。

能以笹幡北高中弓道社成員的身分活動的期間，實質上可能只剩下三、四個月。

雖然替最後的大賽做準備也是一個原因，但在這種時候添購新道具，自然會讓人覺得千穗「未來」也想繼續從事這項活動。

不對，應該說他們已經面臨必須開始替「未來」做準備的時期。

「說到這個，我們這些三年級生，休完假後就要馬上開始進行志願調查了吧。感覺好麻煩喔。直接沿用去年的結果不就行了嗎？」

「就是因為有你這種人，才要進行調查啦。雖然你每一科都及格，但成績並不算特別好吧。」

「我的英文分數可是成長了一倍喔。」

「從二十五分進步到五十分有什麼好得意的。」

「哎呀，沒問題啦。我又不是想考東大。而且我也開始上補習班了，只要我認真起來，根本是小事一樁。」

「咦？江村同學開始補習了嗎？」

千穗再度嚇了一跳。

「嗯，畢竟我是考生吧？差不多該開始用功的感覺？」

義彌若無其事地回答，從佳織的反應來看，她應該早就知道了。

「對啦。不過是從這個四月開始。」

佳織又補了一句「實際上一次都還沒去過」，她本來是想藉此緩和氣氛並挫挫義彌的銳氣，但這招唯獨今天沒有奏效。

義彌自然地做出符合高三生舉動的事實，為千穗帶來極大的衝擊。

就連佳織都開始篩選志願學校了，自己到底在做什麼？

不曉得有沒有發現千穗內心的驚訝，佳織繼續對義彌展開追擊。

「還有雖然我不想潑你冷水，但你最好別再說什麼只要認真起來就很簡單之類的話。那樣會讓你看起來很蠢，真的有辦法認真的人，在說這種話前就已經開始認真了。」

「佐～佐～木～！我不想考試了啦！東海一直在削減我的幹勁！」

義彌和佳織一如往常地互相打鬧。

但千穗不知為何陷入自己被兩人拋下的錯覺。

「……我覺得江村同學還是聽小佳的話，人生會過得比較順利喔。」

「佐佐，妳別鬧了啦！這樣他只要一過得不順利，就會把責任推到我身上！」

「東海，妳這傢伙！我才沒墮落到那種程度！」

「打從你說什麼認真起來很簡單開始，就已經墮落到谷底了！給我有點自覺啦！」

「抱歉抱歉，你們兩個冷靜一點。」

千穗安撫著這樣下去或許會開始用弓打義彌的佳織，同時反省自己。

高中三年級生。大學考試與升學。

對千穗來說，這些都是早就記在行事曆上，並已經討論過好幾次的話題，但她恐怕直到這一瞬間，才確實地體認到這些是即將到來的「預定行程」。

『我也姑且先從有弓道社的學校裡，挑了幾間志願學校。』

佳織在二年級的春天接受出路諮詢時，也說過一樣的話，但從剛才的發言來看，這樣的想法在佳織心裡已經成長為具體的計畫。

至少佳織一定是篩選過有弓道社的學校，稍微查過錄取分數，並大致思考過要怎麼念書才能考上，不然她不會說出這樣的話。

正因為如此，她才會對認為只要開始上補習班就一定能提升成績的義彌如此嚴厲。

反過來看，自己又是如何呢？

自己現在到底選擇了什麼？

雖然有很多想做的事、應該做的事，以及希望能實現的事。

但自己有為那些事付出什麼努力嗎？

「佐佐？」

「嗯，沒什麼啦。」

「……」

不知不覺間，三人已經在人潮的推擠下抵達甲州街道。

笹塚站就在眼前。

千穗突然看向從這裡還看不見，但應該就在鐵路另一側的Villa・Rosa笹塚那一帶的天空。

明明剛才心裡還充滿了對自己人生未來的不安，但一看向那裡……

「……唉。」

她就忍不住嘆了口氣。

千穗想起包含她在內的六人，前幾天在安特・伊蘇拉的魔王城邊吃早餐邊談論的話題。

大魔王撒旦的遺產、巨大化的基納納、或許會從世界各地對中央大陸發動攻擊的教會騎士團，以及企圖阻止他們的千穗的朋友們。

基納納有沒有因為失控而讓魔力爆發、Villa・Rosa笹塚周圍會不會因為被天界攻擊而化為戰場，教會騎士團與魔王軍現在是否已經在異世界安特・伊蘇拉爆發全面戰爭，這些缺乏現實感但真的有可能發生的事，讓她心裡充滿了不安。

而會認真擔心東京可能因為出現巨大怪獸而化為戰場的高中生，即使找遍全世界應該也只有千穗一人吧。

明明心裡懷抱著這種可笑但無法忽視的不安，卻還要求自己針對未來做出符合常識又具體的行動，這也太強人所難了。原本應該是這樣才對。

「我到底在想什麼……」

千穗忍不住如此自言自語，但馬上就因為擔心被佳織和義彌聽見而連忙閉上嘴巴。

幸好義彌似乎又說錯話，被佳織敲了一下後腦杓，所以兩人都沒注意到千穗。

千穗突然對兩人感到很抱歉。

儘管每個人都有不能說的祕密，但無法向兩位重要的朋友坦白自己的煩惱，還是讓千穗覺得自己背叛了與兩人之間的友情。

話雖如此，就算坦白說出「一想到可能會有怪獸搞破壞就怕得無法念書」，也只會讓兩人對完全不同的事情感到擔心，所以千穗果然還是什麼都沒辦法說。

然而這種心情，恐怕就連真奧和惠美都無法切身體會。不如說這樣反而會為他們帶來壓力，讓他們的心情變得低落。

想到這裡——

「啊。」

千穗發現只有一個人就算不一定有同感，也能完全理解她現在的心情。

「那麼，江村同學，下次社團活動再見了。我接下來還要去打工。」

「啊，嗯……」

「再見。啊～真不想念書！」

千穗加快腳步，朝幡之谷的方向前進。

她其實有充裕的時間先把弓帶回家放，但為了盡快解決內心的不安，千穗掏出手機。

佳織目送千穗快步離開後，有些寂寞地搖了一下頭。

「……」

「東海？」

佳織繼續看著千穗離開的方向回答義彌：

「嗯，沒什麼啦。想只由我們兩人替她承擔一切的想法，對她來說只是一種束縛吧。」

「啊？」

「沒事啦。回去吧。」

佳織催促義彌，穿過十字路口。

「義彌。」

「嗯？」

「你要好好念書喔。」

「幹嘛突然說這個。」

「我很擔心你。你只要一沒有人盯，就會想偷懶。」

「咦？」

因為對義彌疑惑的側臉感到煩躁，佳織忍不住說出之前一直沒講出口的話：

「義彌，如果你沒有特別想上的學校，要不要跟我考同一間學校？」

「……」

義彌短暫地陷入沉默，就在佳織突然意識到自己似乎說了可能會讓人誤會的話，並連脖子都紅了起來時——

「不可能吧。」

義彌慢了一拍才拒絕，讓佳織差點跌倒。

「啊？為什麼啊？」

佳織忍不住大聲反問，義彌那張傻氣的臉抹上一絲憂鬱，望著遠方回答：

「我們的成績差太多了。」

佳織再次跌倒。

「哎呀，其實我在報名補習班時有參加過他們的模擬考，雖然我試著填了妳的志願學校，但最後只得到E判定。完全沒希望啊。」

別說是義彌為何要在參加模擬考時填自己的志願學校了，佳織甚至不曉得義彌是何時得知自己的志願學校，不過即使內心深處因此騷動了一下，她仍努力以平常心回答：

「就、就是為了推翻這種結果，才要上補習班吧！而且我擔心你要是隨波逐流地挑了間奇怪的大學，或許會因為交了奇怪的朋友而墮落。別以為每間學校都找得到像我和佐佐這樣的人喔？」

「咦？誰會墮落啊。我才不會做出像吸毒或夜遊那樣的蠢事。」

「不是啦。感覺你可能會因為無法適應大學生活，就沉迷於網路遊戲變得足不出戶。而且還沒有人會來確認你的安危。」

「妳心裡到底把我想成什麼樣的人啊？」

「呃，因為無法正視優秀又耀眼的哥哥，所以用陰暗又冷漠的眼光看世界的感覺。」

「我絕——對要考上比妳好的大學！我決定了！我、真、的、決、定、了！」

佳織忍著不像平常那樣表現出「有本事你就試試看啊」的態度。

雖然較晚進入狀況，但義彌最後總會認真起來，這大概就是其中一個淺顯易懂的徵兆。

要是這時候還損他，才是真的對他潑冷水。

「唉，你加油吧。我也會好好加油，所以你應該很難追上我。」

「我下次的定期考試一定要再讓英文的成績翻倍！到時候妳可別哭啊！」

「喔～好厲害，居然預告要拿滿分。如果你真的辦得到，我就坦率地認輸。」

儘管笨拙，但義彌和佳織還是逐漸取回平常的步調，就在他們邊鬥嘴邊穿過笹塚站的剪票口時，千穗剛好發出一封簡訊。

因為收信人可能還在上班，所以內容只提到希望能找個地方聊聊。

『喂，千穗？有什麼事嗎？』

幸好對方很快就回電了。

「鈴木小姐，不好意思突然聯絡妳。晚一點方便見個面嗎？我有些事想找妳商量。」

『商量？感覺是很嚴肅的事？』

或許是從千穗的語氣察覺到了什麼，電話的另一端，傳來鈴木梨香馬上準備出門的聲音。

「不，對不起。並沒有發生什麼特別的事，和安特·伊蘇拉的事也沒有直接的關係。」

『嗯？』

「鈴木小姐。」

千穗事後回想時才發現，自己當時的聲音或許帶了一點哭腔。

「我已經不曉得自己該以什麼樣的心情準備考試了。」

※

「啊——————」

從千穗那裡聽完所有的事後，梨香露出像是理解、困惑和同情加起來除以三，因為過於複雜而反過來看不出變化的表情。

梨香看向將長弓靠在店裡的牆壁上，一臉陰沉地低下頭的千穗。

即使千穗低著頭，梨香還是看得出來她輕嘆了口氣。

「千穗也很辛苦呢。」

因為不能一直保持沉默，梨香姑且先如此安慰千穗，但她說這句話只是為了爭取整理想法的時間。

「唉，說得也是，在這種狀況下準備考試，辛苦的程度應該排得進全世界前五名吧。」

「這樣還不是世界第一嗎？」

「因為千穗本人並沒有面臨生命危險吧。雖然在日本，每個人都能理所當然地接受想要的教育，但在廣大的世界中，這至今仍稱得上是一種奇蹟。」

「可是。」

「我知道。我知道啦。姊姊我都知道。會認真擔心東京可能會出現怪獸，或是有邪惡的天使從異次元跑來這裡鬧事的高中女生，確實就只有千穗而已。所以在日本，妳絕對是第一名。」

「感覺……我已經不曉得自己到底是為何而活了。」

「因為千穗的個性太認真，所以我也很難回答。」

就算千穗想找人陪她商量未來的出路，對沒上大學就直接遠離故鄉當打工族的梨香來說，這樣的主題實在太過沉重。

不過在聽完千穗的說法後，梨香也能理解不論是在日本、世界或安特．伊蘇拉，都只有她能夠理解千穗煩惱的根源。

梨香以前因為被蘆屋冷淡對待而沮喪時，也面臨過相同的狀況。

除非是對那些明明來自異世界、卻莫名習慣日本的傢伙喜歡到無法自拔的地球人，否則絕對無法理解千穗的煩惱。

「嗯～如妳所知，我既沒上過大學，也不是正式職員，像我這樣悠哉地獨自生活的人，其實沒資格說什麼大話……不過根據我之前隱約從真季那裡聽到的消息，妳應該有打算考大學吧？」

「是的，雖然沒有具體思考過，但我從以前就一直有上大學的念頭。」

千穗簡單說明開始在麥丹勞幡之谷站前店打工的經過。

「當時我只想要學習英文，並單純地認為只要會英文，未來不論出國或留在日本都能度過有趣的人生。結果後來……」

「就發現M丹勞的前輩其實是異世界的魔王。如果換個說法，惠美和真奧先生應該算是外星人吧。別說是國外了，根本是直接跳到外太空。」

考慮到兩人的談話一定會牽扯到許多荒唐的內容，因此兩人這次也選在之前的迴轉壽司店「魚魚苑」見面。

魚魚苑最近似乎引進了高級咖啡機，夾在兩人中間的桌上擺了裝拿鐵咖啡的塑膠杯和蛋糕的盤子，與充斥店內的醋飯香味，及店內播放的那些用日本樂器演奏的流行音樂毫不搭調。

「不過千穗只要先以那些有名的大學為目標就行了吧？擅長的科目或相關資訊，可以再另外找人商量。真季之前也是這麼說的吧？」

梨香職場的後輩，大學生清水真季確實曾經建議千穗如果不曉得該怎麼辦，可以先以有希望錄取的最好的大學為目標。

千穗當然也能理解這麼做的理由。

不過千穗現在還不曉得該如何把那個目標，和自己現在隱約期望的未來連結在一起，就是因為無法掌握最開始的契機，她才無法踏出新的一步。

「繼真奧先生之後，這次換輪到千穗啦。」

「咦？」

「沒什麼。我說啊，既然我和千穗共享了全世界只有兩人知道的祕密，這裡又只有我們兩個地球人和壽司店的咖啡在，不如就讓我們來敞開心胸分析一下如何？」

梨香看著過了午餐時間後幾乎沒什麼盤子在轉的輸送帶，如此問道。

「我覺得千穗現在大概是想要一個陷入迷惘時，能夠明確地替自己指引方向的指標、契機或是程序吧。」

「或許……是這樣沒錯。」

仔細想想，千穗也是在得知佳織已經選好想上的大學後，才開始思考這些事。

「妳剛開始打工時，是因為看見真奧先生用英文接客，才會心生憧憬吧。雖然背後的狀況不同，但作法都一樣。簡單來講，就是分析現況和自己想做的事，然後尋找自己辦得到的事。例如就算那隻蜥蜴亂來，也只能交給那些厲害的人處理。即使真奧先生和惠美無法應付，也還有大黑小姐、公寓的房東太太或是惠美的母親在。我們不要被常識拘束，坦率地從其他方面，列舉出千穗現在想做的事吧。」

「……呃。」

千穗看起來還是聽不太懂，因此梨香從正面揮出充滿鬥志的直拳。

「唉，我先舉個例子好了。妳將來想和真奧先生結婚嗎？」

「結！！！！！婚！？！？！？」

雖然讓千穗講話變得像公雞一樣，但看來這句話非常有效果。

直到剛才都還低著頭的千穗，像被上勾拳打中般往後仰，等她把頭拉回來時，她的臉已經

紅到不輸鰹魚、鮪魚或鮭魚卵了。

「…………………如果…………可以的話…………」

儘管千穗回答的聲音細若蚊蚋，梨香依然感到非常滿意。

「很好很好。既然如此，妳只要思考該怎麼做才能達成這個目標就行了。真奧先生有日本戶籍吧。那就不需要擔心日本這邊的法律問題了。如果想和真奧先生結婚，妳覺得自己缺少的東西是什麼？」

千穗拚命調整變快的心跳和呼吸。

她也曾像個孩子、像個年幼的少女般，在晚上睡前稍微夢想與最喜歡的人共度幸福的生活，不過現在是要思考這樣做可能會遭遇哪些問題，千穗壓抑著彷彿隨時都會害自己昏倒的害羞心情，鼓起可與勇者比擬的勇氣說道：

「壽命……嗎？因為惡魔們都很長壽……」

只有這點是無論如何都無法迴避。

梨香的表情稍微頓了一下，不過就在千穗差點陷入沮喪時，梨香立刻恢復笑臉。

「原來如此，和惠美的父母一樣的問題啊。原來如此，畢竟身體的結構不同呢。那麼除了壽命差距太大以外，還有什麼問題嗎？」

「呃……那個……戰鬥力？」

「戰鬥能力啊。可以想成是用劍或使用魔法的能力嗎？」

「是、是的……除此之外，就是安特·伊蘇拉的語言吧。」

「嗯，安特·伊蘇拉語啊。雖然統稱是安特·伊蘇拉語，但既然沒有所謂的地球語，那邊應該也有各種國家和語言吧。還有什麼嗎？」

「呃，那個……」

「就只有這些嗎？」

「呃，大概吧？」

正因為認識萊拉和諾爾德這個具體的案例，並透過支爾格親眼看過安特·伊蘇拉人生活的樣子，千穗明白自己和真奧之間存在絕對無法填補的差距。

即使在日本，也無法解決這些問題。

不過梨香看著不知何時拿出的筆和筆記本，乾脆地說道：

「妳騙人。應該還有才對吧。」

「咦？」

梨香看起來實在太有自信，讓千穗嚇了一跳，但梨香反而顯得更加驚訝。

「因為千穗剛才想解決的那些問題，基本上都是安特·伊蘇拉那邊的事吧。」

梨香將筆記本遞給千穗看。

「千穗是人類，真奧先生是惡魔，所以當然會有壽命的差異。不過只要那邊沒發生什麼問題，妳也不需要具備戰鬥能力吧。就算沒有特別強，妳不是也已經當上了那個叫惡魔什麼來著的東西嗎？」

「咦，呃，可是……」

「至於語言方面，現在不是還能靠那個不可思議的魔法解決嗎？雖然等接下來的戰鬥結束後，或許會變得無法使用那些神奇的力量，但鈴乃、艾美拉達和惠美都會說日語，就算突然變得不能用魔法，也不會有問題吧。嗯，果然這些事都不用想得太嚴重嘛。」

「可是……」

「真奧先生不是說如果三年後還活著，就會接受打工那邊的店長的邀請嗎？」

「……咦？」

「他本人不是在白色情人節時說過嗎？雖然真奧先生現在回去當魔王了，但他三年後打算在這邊協助那位店長開店或開公司吧。如果妳想一直和在日本工作的真奧先生在一起，那目前在日本該做的事情，應該沒那麼多吧。」

梨香先表明「雖然我只是從爺爺那裡現學現賣」，然後開口說道：

「但所謂的婚姻，就是這世界最小規模的相互扶助契約。」

千穗花了一點時間才搞清楚這些不熟悉的詞，梨香也早就預測到千穗的反應，停頓了足夠的時間後才繼續說下去：

「不應該只讓其中一方去配合另外一方。就像千穗希望能幫上真奧先生的忙一樣，真奧先生在和千穗結婚後，也必須好好努力或做出退讓。在我看來，千穗應該還滿有機會的，所以這方面可以不用太擔心，但不能一直維持現狀。如果妳只想著要如何配合真奧先生，就等於是一直在讓他對妳撒嬌。這樣只是單方面的依賴，稱不上什麼戀或愛。真奧先生也有很多必須努力配合千穗的地方。」

「鈴、鈴、鈴木小姐，妳、妳、妳說我有機會……！」

「真奧先生身邊的女孩子原本就不多吧。我覺得如果連千穗都不行，那目前應該誰都沒機會吧。」

「真、真奧哥身邊有很多女孩子喔？」

「咦？是這樣嗎？雖然這樣好像是在窺人隱私，讓人有點不好意思，但姑且不論真奧先生對人類的女性有沒有興趣，在我看來目前大概也只有鈴乃能和千穗競爭吧。」

「咦？呃，那個，我覺得應該沒有這種事……」

平常千穗應該會覺得梨香是在戲弄自己，但梨香這次非常認真。

「因為從現實的角度來看，惠美應該不可能吧。」

「咦？」

千穗大吃一驚。而且是驚訝到連自己為何要驚訝都搞不懂的程度。

「妳這是什麼反應……這很正常吧。就算有時候一開始的印象很差反而容易陷入熱戀，或是所謂的斯德哥爾摩症候群，也是有個限度吧。他們現在能像朋友般相處就已經是奇蹟了，不可能再更進一步。」

「咦……咦……是、是這樣嗎？」

「同樣的道理，艾美拉達也不可能吧。她可是比惠美還要會記恨，而且她是無法同時從社會的角度和個人的角度原諒別人的類型。就我所知，M丹勞的人都不曉得真奧先生的真面目，所以根本就不用算進去。這麼一來，就只剩下千穗和鈴乃了吧。」

「硬、硬要這麼說的話，或許是這樣沒錯……」

「鈴乃是很強的對手喔。既是生活環境相似的鄰居，又非常會照顧人，她對真奧先生也沒有私人的怨恨，又有出社會的經驗，還擅長所有的家事吧？」

「確、確實是這樣沒錯……」

雖然千穗從未把鈴乃當成一個有社會經驗的聖職者看待，但說到曾被千穗當成「情敵」的女性，從以前到現在確實就只有鈴乃一個人。

儘管問題出在兩人當初相遇時的印象和發生的事件，但千穗之所以會開始送料理到魔王城，也是因為對真面目尚未被揭穿時的鈴乃產生了競爭意識。

明明不是多久以前的事，為什麼這麼快就忘了呢？

千穗對自己曾因為真奧和惠美的距離縮短而感到嫉妒，並因此開始厭惡起自己的事依然記憶猶新，但不是她自傲，她從來沒想像過真奧和惠美發展成男女關係的情況。

不過千穗確實只有對鈴乃產生過「不希望真奧被她搶走」的心情。

也是這樣的想法，推動了千穗之後的告白。

這點毋庸置疑。

「嗯嗯嗯嗯嗯嗯嗯嗯嗯嗯嗯嗯嗯嗯嗯嗯嗯嗯嗯嗯嗯嗯嗯～！」

千穗用雙手遮住臉趴在桌上，不斷搖頭，梨香見狀便苦笑地說道：

「看來妳似乎想起了光是回想就會讓人羞到想死的事情了。千穗真可愛。」

不對，千穗最後應該已經知道鈴乃只是想要掌握對真奧的生殺大權，並不是想和他發展成男女關係。

千穗和鈴乃現在已經成了好朋友，如果還把對方當成情敵，對鈴乃不是很失禮嗎？

「而且感覺鈴乃本人也不討厭真奧先生。」

不過梨香像是看穿千穗的內心般又補了一句，讓千穗的頭腦開始全速運轉。

這麼說來，之前和佳織與艾契斯商量情人節的事情時，佳織曾拜託鈴乃和千穗一起送巧克力給真奧，當時鈴乃莫名地動搖了。

那個、該不會、就是因為……？

「不、不對！這、這種事要考慮到鈴乃小姐的心情，我們不應該在這裡隨便猜測，而且現在重點是我的事情，呃，不對，那個，我並沒有得意忘形到認為能和真奧哥結婚，咦？我到底在說什麼，那個，我們原本是在談論什麼？」

千穗非常明顯地動搖了，梨香重新泡了一杯茶，讓她冷靜下來。

「唉，冷靜一點啦。妳要是太動搖，姊姊我會開始覺得有趣起來。」

「我、我很冷靜好燙！」

明顯一點都不冷靜的千穗，被剛泡好的茶燙到舌頭。

「啊哈哈……唉，總而言之，結婚並不是終點。不如說婚後要面臨的事反而更多，一結婚人生就變得完美順遂的情侶，根本就不存在。有些問題甚至要過幾年或幾十年才會浮現出來。就是要在面臨這些時刻時，同心協力地解決問題，才叫做夫妻啊。」

雖然梨香講得好像自己是已婚人士般，但千穗發現她的眼神不知為何顯得有些悲傷。

「……鈴木、小姐？」

「話先說在前頭，這跟蘆屋先生沒關係喔。」

梨香發現千穗注意到的事情，先發制人地露出刻意的笑容。

「這和我明明老家是在神戶，卻連大學都沒上就跑來東京當遊手好閒的打工族的原因有關，但因為不是什麼有趣的事，所以改天再跟妳說明吧。」

「好、好的……」

梨香語氣堅決，因此千穗也無法繼續追問下去。

「總而言之，千穗現在必須以高中女生的身分踏出的第一步，就是仔細調查這兩件事。這麼一來……」

梨香寫在筆記本上的內容，恐怕是即使千穗找惠美、鈴乃、佳織或父母商量，也絕對無法得到的建議。

「應該就能找到讓自己踏出下一步的線索吧。」

三十分鐘後，梨香獨自坐在魚魚苑裡。

千穗已經先去打工了。

這次是千穗約梨香出來陪自己商量事情，所以她本來想負責買單，但梨香以之前欠千穗的人情尚未還清，以及長輩不該讓晚輩請客為由，堅持不肯將帳單交給千穗。

梨香看向手機，發現收到了一封簡訊。

打開一看，裡面附了一張穿著全新學生制服的少女的照片，內容則是寫著：

『耶！我終於也變成高中女生了！』

「唔哇，好令人懷念。看來有好好買新制服給她呢。」

梨香微笑地說道。

少女身上穿的是梨香母校的制服，所以梨香也曾經穿過。

送信人是鈴木梨奈。

即將升上高一，小梨香六歲的妹妹。

簡訊上——

『我不打算上大學！所以如果姊姊沒在我畢業之前回來，我就會代替姊姊把公司搶過來喔！』

還接著寫了這樣的內容。

每次盂蘭盆節和過年回家時，妹妹都會像這樣「警告」梨香，但梨香每次都以曖昧的態度笑著蒙混過去。

「七月啊……考慮到我的年齡，也差不多要把該做的事情做一做才行了。這下我也沒資格說千穗了。」

梨香當作沒看見那條簡訊，將手機放進包包裡，按鈴請店員過來結帳。

※

「早安！」

「喔，早安啊，小千。」

由於千穗一走出員工間就遇見真奧，讓她的聲音似乎顯得有點緊張。

不過她有信心沒表現在臉上。

與梨香的討論雖然刺激，但千穗早就過了一害羞就驚慌失措的時期。

「小千，過來一下。」

「有什麼事嗎？」

「人目前在二樓。」

因此真奧一向她招手，她就坦率地走了過去，接著真奧像是在顧慮周圍般小聲說道：

「……！」

千穗不用問也知道是在說誰。

這個時刻終於到了。

「看起來是個什麼樣的人？」

千穗也壓低聲音問道。

「坦白講還看不太出來，但應該是和木崎小姐截然不同的類型。」

過了十分鐘後，千穗就知道真奧為何會這麼說了。

『阿真，我現在要下樓，你回來樓上吧。』

耳機裡傳來木崎的聲音。除此之外——

『麻煩你了。』

還有一個初次聽見的女性聲音。

真奧答應了一聲後，就回到二樓的咖啡櫃檯區，換成穿著員工制服的木崎和一名初次見面的女性接替他下樓。

確認沒有客人來後，千穗跑向兩人。

「幸會！我是佐佐木千穗！」

千穗一打招呼，木崎就稍微回頭看了一下背後，但沒有轉過身。

「妳好，佐佐木小姐。」

接在木崎後面下樓的，是一位身高和千穗差不多、戴著眼鏡，身材苗條的女子。

「我是被派來這裡擔任店長的岩城琴美。請多指教。」

千穗本來以為店長交接是件戲劇性的大事，但結果過程意外地平淡。

對千穗來說，「店長」這個詞至今為止都是專指木崎真弓，在麥丹勞幡之谷站前店於木崎麾下工作，讓千穗累積了許多難得的經驗。

這位像打工雜誌上常用的招募宣傳詞般、讓千穗累積了各種經驗的「店長」，將在四月邁入新年度時交棒。

千穗在心裡的某處懷抱著意義不明的期待，以為店裡會舉辦像畢業典禮或結業典禮那樣的儀式。

不過——

「接下來的三天，我會和岩城店長進行各種交接。而在這個四月的第一個禮拜，我就會離開這間店。」

木崎對大家的說明，就只有這麼簡單。

千穗甚至差點脫口而出「就只有這樣嗎？」，看在她的眼裡，這一切實在太簡單了。

「小千，怎麼了嗎？」

一開始上班，大木明子就偷偷向千穗搭話。

「妳看起來有點心不在焉。」

「啊，呃，沒什麼啦……」

與嘴巴上說的話相反，千穗的手從剛才開始就沒在動，因此她用力搖頭，開始用酒精替托盤消毒。

「……不對，有件事讓我覺得很在意。」

「嗯？」

「總覺得太過簡單了，雖然這樣講不太好，但我感到有點掃興。」

明子馬上就聽懂了千穗的話。

「唉，雖然我也沒經歷過多少次，但畢竟這裡不是學校。」

然後確切地指出千穗覺得不對勁的地方。

「不是、學校嗎？」

「嗯。妳想想看，我們當上員工時，也沒有舉辦什麼入店儀式吧。這是一樣的道理。出社會後，會在意的時期通常就只有過年前後和新年度剛開始時，雖然我也不太清楚，但因為有像決算期之類的東西，所以一年會被劃分成幾個區間，而且每年都是如此，這大概就是他們不會像每隔幾年環境就會大變的學生那樣，舉辦各種儀式的原因。」

「原來如此。」

「相對地，大人有『這個』啊。」

「這個？」

千穗一抬頭，就看見明子空手擺出喝酒的姿勢。

「啊，太狡猾了！該不會只有大人要另外舉辦送別會吧！」

麥丹勞幡之谷站前店的員工們感情非常好，千穗知道雖然頻率不高，但大家偶爾還是會舉辦酒會。

不過身為高中生的千穗，無法參加會喝酒的活動，而這間店也沒有會違反公序良俗，帶千穗去那種場合的大人。

雖然千穗從明子的姿勢做出了這樣的推測，但明子有些遺憾地搖頭。

「我們本來想辦，可是被拒絕了。木崎小姐說她心領了。考慮到有像小千、只上日班的人，還有晚上無論如何都無法參加的人在，這樣對你們實在太不好意思了。相對地，木崎小姐打算個別和我們所有人好好談一次話。這樣的作法真是符合她的風格。」

木崎這種貫徹始終的態度，讓千穗感到心頭一熱，但一想到這算是屬於木崎的「儀式」，還是讓她同時也感到寂寞。

像這種時候，自己到底該說什麼好呢？

梨香在幾十分鐘前替千穗推導出的「該確認的事」，其中一件就和木崎密切相關。

在木崎替自己準備的最後時光提起那件事，真的好嗎？

「的確，按照木崎小姐的主義，比起惋惜無法回頭的過去，更應該將目光放在未來。按照

這樣的理論，我們該辦的是岩城店長的歡迎會才對。」

「啊，原來如此。」

這麼說的確有道理。

「話說從小千的角度來看，妳覺得新店長如何？」

「就算妳這麼問，我也只和她打過一次招呼而已。」

木崎和岩城正為了交接事務，而待在後方的店長室裡。

真奧之前曾說岩城和木崎是不同的類型，千穗對她的第一印象也是如此。

不過她實際上是個什麼樣的人，還是要等開始一起工作後才會知道。

「雖然這樣講或許對大人很失禮，但我覺得她是個可愛的人。」

「這我也有點能夠理解。她和木崎小姐是完全不同的類型，會讓人想緊緊抱住她呢。」

因為岩城的體格和千穗差不多，所以和幡之谷站前店的員工們相比，算是相當嬌小。

如果和身材高大的川田站在一起，差距應該會大到像是一對親子吧。

「不過啊，我們目前還完全不清楚她的個性。萬一她其實不擅長參加酒會，不是反而對她很不好意思嗎？」

「喔，原來也有人不擅長參加那種活動啊。我還以為所有的大人都很享受在星期五下班後，和其他人一起喝酒。」

雖然最近次數變少了，但千穗平常很喜歡和真奧他們一票人一起熱鬧地吃飯，所以感到有些意外。

尚未成年的千穗還沒實際參加過酒會，和身邊的大人也都相處得很好，所以才會這麼認為，但比千穗年長、並在大學體驗過幾次不開心的酒會的明子誇張地點頭回答：

「不擅長的人是真的很不擅長喔。話雖如此，除非其他人都是好朋友，否則我也不太喜歡參加那種聚會。畢竟我本來就很少喝酒。搞不好大約有一半的大人，都討厭參加『酒會』也不一定。」

「咦？」

千穗覺得再怎麼說這樣也太誇張了，但明子的表情非常認真。

「酒會也有很多種。如果是和好朋友一起喝，那當然是再歡迎不過，但也有許多不確定要素，例如遇到不擅長應付的人、吃到討厭的料理，或是必須得聽長輩說教等等。既然連大學生都是這樣，出社會後應該會更辛苦吧？直到現在都還經常聽說有不會喝酒的人被灌醉。如果被個性強硬的前輩或上司逼迫，根本就無法拒絕吧。」

「呃……可是現在新聞也有報導，說不能逼別人乾杯或勉強別人喝酒吧？」

比千穗早一步成年的打工前輩，露出有些諷刺的笑容。

「直到現在，還是有很多無視那些道理的人。」

明子苦笑地搖搖頭攤開雙手，表示無奈。

「雖然已經比以前少很多了啦。像我這樣剛滿二十歲不久的年輕人，講這種話可能有點太過狂妄，但我偶爾忍不住會想，小時候抬頭仰望的那些正經的大人，到底都到哪兒去了。至少要是以為所有出社會的人都像木崎小姐或猿江店長那樣可靠，可是會嚐到苦頭喔。」

「猿江店長也算是可靠的類型嗎？」

千穗立刻忍不住認真地問道，但明子的表情毫無改變。

「姑且不論一開始的時候，現在明顯算可靠吧。從加奈那裡聽說他平常工作的情況時，有時候還會以為那其實是其他人呢。」

明子提到的加奈，是指對面的肯特基幡之谷店的時段負責人古谷加奈子，兩人似乎在不知不覺間成了會聊這種話題的好朋友。

兩人身處類似的環境，年齡也非常相近，所以應該有些自己的想法吧。

就在千穗這麼想時，明子稍微窺探周圍，急躁地低喃：

「嗯～所以說，我想早一點和岩城店長一起工作，好掌握她的個性啦。像是能不能跟她好好相處之類的。我還會在這間店待一陣子，既然如此，當然會想和她好好相處吧？」

「這樣啊……不過晚點就要開始變忙了，所以她一定會出來工作吧。」

千穗點頭回答，同時看向時鐘。

「哇，糟糕，我們聊太久了。我得去確認飲料和醬料的狀況。」

明子一發現已經快要到第一波尖峰時段，就急忙開始檢查飲料機的剩餘量，以及是否有需要清理的地方。

千穗也將剛才邊聊天邊完成消毒的托盤疊好，然後從櫃檯後方眺望店內的景色。

自從開始站在這裡，已經過了將近一年的時間。

她在這裡看見了許多雖然原本就近在咫尺，但從來沒見過的世界。

然而千穗卻覺得好像在顧客區，看見了去年四月還在努力思考該如何填寫出路調查表的自己的幻影。

儘管如此，時間確實在流逝。

無論對自己累積的成果有沒有自信，千穗都已經到了必須對自己的人生負責並展開行動的階段。

因為原本人力就非常充足，再加上木崎和岩城這兩位正式職員的協助，當天的晚餐時段順利地結束了。

岩城工作時，散發出和木崎截然不同的存在感。

她的作風和真奧比較相似。

並不是像木崎和川田那樣以一種泰然的安定感支配全場，而是像真奧和明子那樣依靠精密的動作與速度，讓各方面都穩定下來。

至少和她一起工作時，並不會感到壓力。

雖然這和岩城的配合也有關係，但從真奧和明子的反應來看，千穗的印象應該沒有錯。

姑且不論客人們對岩城店長抱持什麼樣的印象，從部分常客閒聊的內容來看，他們雖然對木崎的調職感到惋惜，但還是願意繼續來店裡光顧。

如果是和這位新店長共事，千穗一定能繼續在這間店快樂地工作。

在體驗過今天的工作狀況後，千穗如此確信。

正因為如此，今天下班後在員工間當著木崎和岩城的面說出那些話，是非常需要勇氣的行為。

「木崎小姐，其實我有些話想跟妳說。」

「……什麼事？」

不知為何，從木崎和岩城的表情來看，她們似乎早就知道千穗想說什麼了。

岩城和千穗今天是初次見面。

第一次見面就說這種話，或許會給她不好的印象。

即使如此，千穗今天還是必須把這件事說出口。

「不好意思，由於其中一件是非常私人的事，所以希望能找一個與工作無關的時間和場合說……不過另一件事……也必須好好告訴岩城店長。」

為了自己的未來、自己的人生，以及重要的人們。

「我打算在這個月辭掉麥丹勞的打工。」

木崎和岩城以平靜的表情，聆聽千穗的宣言。

※

「這個時刻終於來了。」

開始打烊的時候。

木崎和岩城將真奧叫來店長室，告訴他千穗將在這個月底辭職。

真奧看著日曆說「既然都升上高三了，這也無可奈何」，表現出非常普通的反應，但木崎進一步問道：

「你有聽說什麼嗎？」

「我嗎？」

木崎的語氣不知為何有些咄咄逼人，讓真奧感到不知所措。

「除了你以外，我想不出她還會跟誰說這件事。」

「咦？」

「……哎呀，原來如此。」

岩城無視困惑的真奧，像是察覺木崎的意圖般用手遮住嘴巴，她睜大眼睛，露出驚訝的表情。

「看來跟你沒有關係。雖然這樣也沒比較好，不過算了。」

「什、什麼意思？」

「你捫心自問吧。先不管這件事，我剛才和岩城店長討論過了。」

「喔、喔。」

雖然真奧感到莫名其妙，但木崎使了個眼色，讓岩城遞給他一張紙，因此真奧將精神集中到那張紙上。

然後，真奧立刻察覺兩人想說什麼。

「這樣不是很不妙嗎？」

「真的很不妙呢。」

岩城點頭贊同，但眼鏡後面的眼神毫無笑意。

「其實我們早就預設佐佐木小姐會辭職。畢竟聽說她是高三生，又是個認真的孩子，一定會想要認真準備考試，所以頂多只會做到五月……不過連木崎小姐都沒想到會這麼快。」

岩城交給真奧的，是五月、六月與七月的排班表草案。

四月的第一個星期，目前只有日曆和員工的姓名，但問題出在姓名的部分。

「包含小千在內有五個人……咦？前姨？前姨也要辭職嗎？」

「坦白講，這是緊急狀況。」

木崎說出一個危險的詞，但真奧也沒有否定。

在這三個月裡，包含千穗在內，將有五名員工離開這間店。

對真奧來說，少了千穗當然會很辛苦，但對店裡來說，更加重要的是「前姨」，也就是這間店的另一位時段負責人前山一子，將在這個四月辭職。

前山今年六十一歲，她在幡之谷站前店工作了十年，從木崎三代前的店長開始就是這裡的員工，同時也是幡之谷站前店白天和假日的代表人物。

真奧假日上班時，也曾和她一起工作過好幾次，不僅如此，當初負責替真奧進行新人研修的人，就是前山。

身材豐腴的前山，是個可愛的阿姨型員工，她不僅完全不會倚老賣老，還被年輕員工們當成吉祥物喜愛。

不過一旦關係到工作，她就會以不負老員工身分的威嚴與動作指揮全場，就連歷代的經理都敬她三分。

身為家庭主婦的她，排班時間非常固定，但少了前山，就表示幡之谷站前店假日的根基將會動搖。

「我之前告訴岩城店長，我預測包含小千在內最多只會有三人離職，是我想得太天真了。真的非常抱歉，居然在最後的最後犯下這種失誤。」

「這也是沒辦法的事。就連經理都沒想到前山小姐會辭職，所以這不是木崎小姐的錯。」

岩城如此安慰木崎，但後者依然一臉凝重。

「前姨發生了什麼事嗎？她之前一點都沒有要辭職的跡象……」

「好像是要看護家人。實在不是能夠慰留她的狀況。」

「看護……」

像這種嚴重的問題，外人根本無法隨便插嘴。

真奧也明白不能慰留她。

「雖然她說等狀況穩定下來後，會再回來工作，但不曉得要到什麼時候。」

「經理也說如果前山小姐再回來，隨時都願意錄取她……但她不在的期間，我們也無能為力。」

「再加上小千今天也表示要辭職。我想你應該看得出來，其他三人也是因為無可奈何的理由辭職，而且每個人都是主要戰力。然後不論現在再怎麼設法補救，這個問題都會在某個時間點以最壞的形式爆發……」

「七月嗎？」

「沒錯。」

岩城點頭。

「即使在這個四月緊急招募五個新員工，也無法在五月就立即填補前山小姐和佐佐木小姐的空缺。接下來每個月都會有老員工離開，並由新人接替他們……」

真奧在腦中思索剩下的排班人數與成員，然後皺起眉頭。

「連研修都不一定來得及完成呢。」

「沒錯。而且我們將在這種不安定的情況下，迎接你和佐惠美不在的七月。」

七月。

那是真奧等人替滅神之戰設下的期限。

當然這個期限只是預定，不代表不會變更，綜合各方面的情勢，也有可能提前展開決戰，但從現狀來看，真奧認為這樣的可能性不高。

在魔界的地下設施發生的那件事，讓真奧等人變得更加慎重，不對，就算說他們因此退縮

了也不為過。

真奧等人最後達成了協議，認為先做好萬全的準備，再迎接七月的最終決戰，才是比較妥當的作法。

更重要的是，因為某個和安特．伊蘇拉的魔王城有關的因素，讓他們可能必須要等到日本的七月，才能發動決戰。

也因為這樣的狀況，真奧和惠美從初期階段開始，整個七月都無法打工，幡之谷站前店將在七月，面對人力極度薄弱的致命性狀況。

當然，真奧和惠美都只是打工人員。

要替店面的營運與排班負責的，是身為管理者的店長，他們大可搬出「拿多少錢做多少事」，或是「現在才這樣說已經太晚了」的論點，對這樣的狀況置之不理。

不過真奧絕對不會這麼做，惠美當然也是如此。

如果大黑天禰也在場，一定會傻眼地問「世界的命運和打工的排班到底哪一邊比較重要」，但問題並不在這裡。

對真奧和惠美來說，這完全是個人矜持的問題。

「雖然我不太喜歡做這種事，但這次只能違反個人的原則拜託你們。在可能的範圍內，不曉得你們能不能幫忙找朋友或認識的人過來幫忙。」

直接拜託員工幫忙增加排班，對木崎來說真的是特例中的特例。

就連員工請病假或臨時不能來上班時，木崎都絕對不會要求他們自己找人代班。

那樣的木崎居然會在離開店裡之前，特別對真奧說這種話，可見情況有多麼危急。

真奧稍微掃了新店長與舊店長一眼。

「……」

他腦中瞬間產生了一個想法，但還需要滿足一些條件。

真奧立刻在心裡打消這個想法——

「……我會盡力而為。」

他現在還只能這麼回答。

不曉得是不是心理作用，岩城看著真奧的眼睛，透露出些許的不安。

※

真奧騎著腳踏車回家時，心不在焉地低喃：

「五個人啊。」

許多員工突然要離職。

雖然這是個震撼的事實，但不管再怎麼擔憂，情況都不會改變。

「然而木崎小姐也馬上就要調職了。」

包含真奧在內，許多剩下的員工都還不曉得能不能和新店長岩城好好配合。

「就連小千也要離開了。」

真奧在紅燈前停下，回頭看向剛才經過的道路。

他甚至產生一股彷彿連道路本身都要開始扭曲變形的錯覺。

「熟悉的人突然消失，真的是讓人感觸良多啊。」

※

那一天。

在魔界的地下設施，完全無法參戰就敗北的那一天。

真奧清醒時，出現在他模糊的視野內的，已經是熟悉的Villa・Rosa笹塚二〇一號室的天花板。

他忍耐著頭痛起身，發現萊拉、天禰、艾契斯和千穗都在他的身邊。

「我一個人實在無法處理，所以就拜託天禰小姐幫忙了。」

「我聽說連融合狀態都被強制解除了。遊佐妹妹和阿拉斯．拉瑪斯妹妹，都在隔壁房間讓鎌月妹妹照顧。那隻雞和蜥蜴也一樣在隔壁，交給漆原老弟照顧。」

「原來……如此。啊～好痛。」

意識依然朦朧的真奧只能含糊回應，不過要同時抱著一隻雞和一隻蜥蜴、真奧和惠美，以及解除融合的艾契斯與阿拉斯．拉瑪斯穿過「門」，確實是不容易。

所以沒有人能夠責備向天禰求助的萊拉。

「唔，好像有個傷痕在？唔，艾契斯，妳沒事……」

真奧試著透過模糊的記憶釐清發生了什麼事，但胸口馬上傳來一陣強烈的衝擊，打斷了他的話。

「小、小千？」

「……」

千穗抱住真奧，將臉埋進他的胸膛。

「小千？妳、妳怎麼了……」

「……！」

千穗沒有回答，只是輕輕搖頭。

真奧一表現出困惑，萊拉和天禰就受不了似的搖頭。

「千穗小姐都出現在這裡了，你還不明白嗎？」

「沒用啦，媽媽，真奧有時候會讓人懷疑到底是不是男人。」

「什、什麼？」

雖然感覺被說得很難聽，但發現千穗的身體正微微顫抖後，真奧總算理解了狀況。

「……」

就在真奧看著位於自己胸前的千穗頭頂，稍微放鬆的瞬間，萊拉和天禰互望了彼此一眼，起身離開房間，只有艾契斯像是感到有些無趣般伸出雙腿，擺出邋遢的坐姿。

「……抱歉。讓妳擔心了。」

真奧輕撫了一下千穗的頭髮說道。

「……！」

千穗沒有抬頭，直接用力點頭回應。

※

那件事為真奧帶來的打擊，比這次受的所有傷都要重。

真奧以前也曾讓千穗為他擔心過好幾次。

不過真奧第一次為此產生強烈的罪惡感。

這是因為直到那個瞬間，真奧才發現在自己過去的人生中，從來沒有人對他抱持過那種感情。

那種感情既溫柔又猛烈，而且正因為是真奧，不對，正因為是惡魔，才能發現裡面摻雜著「恐懼」。

即使是經歷過數不清的戰鬥與悲劇的惡魔之王，也是第一次感受到那種「恐懼」。

自己即將喪命的恐懼。

害怕疼痛的恐懼。

喪失所愛之人的恐懼。

面對無法預測的狀況的恐懼。

不論對象是惡魔或人類，類似的恐懼他早就已經看到膩了。

然而——

真奧當時從千穗身上感受到的，是「不知道如果真奧就這樣死掉的話該怎麼辦」的恐懼。

這和真奧以前接觸過的「喪失所愛之人的恐懼」有點不同。

因為至今那些「被人所愛」的對象，都是真奧不知道的人。

這和卡米歐、亞多拉瑪雷克和蘆屋在魔王軍時代對他展現的「擔心」，有根本上的不同。

因為就他們的情況來說，即使失去真奧會讓他們痛哭或悔悟，他們心裡的某處依然總是會考慮失去真奧的可能性與未來的展望，不會讓喪失的恐懼支配自己的內心。

不過千穗純粹是因為不曉得失去真奧後該怎麼辦，才會因為無法承受那股恐懼而哭泣。

真奧——撒旦在實際體認到有人發自內心珍惜自己的性命，並因此感到動搖後，受到了極大的衝擊。

舉例來說，假設真奧這次因為遭遇意外事故而喪命，應該會有許多人為他哭泣吧。

他認為自己具備這種程度的人望，也絲毫不懷疑那些人的感情。

不過身為一個將人類內心的起伏轉換為魔力生存的生物，他碰觸到了更加根源的部分。

而那正是一名在知道他的真面目後，依然表示喜歡他的少女的根源。

第一次看到的那顆心、那張臉，以及那個瞬間，他一定一輩子都不會忘記。

因為那已經在他心裡留下了比被萊拉拯救時還要鮮明的印象。

「小千……」

真奧輕輕呼喚那個人類少女的名字，就在這個時候。

『你這是在感傷嗎？』

與真奧一心同體的存在聽見了他的低喃，以很容易就能想像得出來的討厭笑臉如此問道，讓真奧不悅地皺起眉頭。

真奧抬頭一看，發現交通號誌剛好變紅燈，於是連忙煞車。

「要痴呆就給我痴呆得徹底一點。真是累人。」

和身體明顯出現異常的真奧和惠美不同，艾契斯在回到日本後，還是和平常一樣貪吃。

不過當她一被問到為何有辦法赤手空拳，壓制連惠美和惠美的聖劍都完全無法抗衡的對手時——

「嗯～我也搞不太懂。」

就以非常欠揍的笑容如此回答。

真奧本人當時差點暈倒，但事後問過萊拉後，才知道艾契斯那時候的樣子似乎不太對勁。

不過與此同時，真奧也想起了一件事。

過去面對強敵時，艾契斯也曾經好幾次展現出壓倒性的力量，或是性格突然豹變。

千穗的學校被卡邁爾與馬勒布朗契襲擊的時候。

還有在安特・伊蘇拉東大陸與天使決戰的時候。

雖然她都沒像這次那樣擅自與真奧分離並失控，但那時候的艾契斯，還是明顯和以前不太一樣。

『話說回來，雖然你不是從今天才開始這樣，但你真的太過敏感了。』

「啊？」

『不過只是打工吧？千穗又不是要搬去很遠的地方，不需要像這樣嘆氣吧。』

「從妳嘴巴裡聽到『不過只是打工』，比聽漆原這麼說還要讓人生氣。」

『這是什麼意思？』

「我要煩的事情已經夠多了，要是連工作的地方都出問題，就算是魔王也會覺得棘手或麻煩吧。妳才該給我好好想起之前的事情和那股力量的原理，稍微讓我輕鬆一點啦。」

『就算你這麼說，想不起來的事情就是想不起來……』

「如果妳想起來，妳想吃幾塊便利商店的炸雞都沒問題。」

『真的嗎！！！』

真奧的腦中響起音量大到讓他差點無法控制自行車的聲音。

艾契斯的個性原本就非常輕浮，真奧也不認為她會就這樣突然想出對抗伊古諾拉的方法，解決一切的問題。

所以他只是在督促不認真的艾契斯而已。

『等我一下！我會拚命想起來！唔喔喔喔喔喔喔喔……！』

姑且不論語氣，她似乎是認真地想要回想起來。

如果能以此為契機，掌握贏得戰鬥的線索。

「拯救了安特．伊蘇拉的，就是日本的便利商店食品了。」

真奧笑著經過在通勤路線上最後一間便利商店。

『啊啊啊啊啊啊啊！稍微暫停一下！剛才是不是經過便利商店了？』

「時間到。下次再說吧。」

『可惡啊啊啊啊啊啊啊啊！』

真奧想像著如果現在實體化，一定會懊悔地在地上打滾的艾契斯的樣子，露出微笑。

「我可不想再變得像之前那樣了。」

真奧是指之前在神祕的地下設施失去魔力的事情。他當時因為基納納「打磨」角之魔劍而失去意識。

儘管這些都是事先沒預料到的情形，會陷入那樣的狀況也是基於不可抗力。

不過——

「這次只不過是運氣好。」

無論是不是基於不可抗力，只要在戰鬥中陷入那種狀況，就必死無疑。

這已經不單純只是賭上性命廝殺的世界的問題了。

還關係到信用與信賴、健康與安定、包含金錢在內的財產，以及重要的人。

這世界充滿了即使大喊這是不可抗力，還是只要一失去就無法挽回的東西。

「小千真的教會了我不少事。」

『真奧？你可別想用千穗的炸雞塊蒙混過去！我一定要吃用真奧的錢買的炸雞！』

「妳這傢伙真的是……唉，算了。」

傻眼的心情，將真奧從感傷的泥沼拉了出來。

不知不覺，他已經走到了公寓旁邊。

鈴乃還沒從安特．伊蘇拉回來，所以二〇二號室一片漆黑，但一〇一號室的廚房位置透出了燈光。

真奧停好杜拉罕二號後，沒有直接走上二樓，而是輕輕敲了一〇一號室的門。

「哎呀，工作到這麼晚，真是辛苦你了。」

裡面立刻傳來溫和的男性聲音，接著惠美的父親諾爾德．尤斯提納開門現身。

「新店長是今天來吧？我還以為你會更晚才回來。」

「你怎麼知道？」

「因為千穗有傳簡訊通知我。」

從諾爾德背後現身的惠美，解答了真奧的疑問。

「小千的簡訊……原來如此。她還有提到什麼嗎？」

「沒有。只有提到新店長的名字而已。」

「這樣啊，那就好。」

「怎樣啦。幹嘛講得這麼不清不楚。」

「沒什麼啦。只是這不應該由我來說……話說妳今天一直都待在一〇一嗎？有沒有發生什麼特別的事？」

真奧一問，惠美和諾爾德就不知為何笑著互望了彼此一眼。

「雖然不曉得對你來說是好是壞，但確實有發生特別的事喔。」

「啊？」

「唉，你之後再自己親眼確認吧。要看一下阿拉斯．拉瑪斯他們嗎？」

真奧聞言，便隔著諾爾德看向房內，在最裡面的窗戶旁邊，有兩個嬌小的人影並排在一起睡覺。

在流理臺的小螢光燈照不到的房間深處熟睡的，是阿拉斯．拉瑪斯和伊洛恩。

「進來摸摸她的頭吧。」

真奧順從諾爾德的好意，輕聲走進一〇一號室，他一看見質點少年與少女豪邁的睡相與睡臉，就露出淡淡的微笑。

「他們這樣看起來，就只是普通的小鬼呢。不好意思，把燈關掉吧。吵醒他們就不好了。」

「他們才不會這麼容易就醒來。」

真奧輕輕摸了一下阿拉斯・拉瑪斯和伊洛恩，就悄悄離開兩人回到玄關。

「話說到底是發生了什麼事？」

從惠美和諾爾德冷靜的樣子來看，應該不是什麼大問題。

「等你回房間就知道了吧。」

「漆原又做了什麼嗎？有卡米歐在，他應該不會亂來才對。」

蘆屋和鈴乃。

並非出於諷刺，這兩人名副其實地是Villa・Rosa笹塚的自宅警備員，由於他們還在安特・伊蘇拉處理事情無法回來，因此造成了兩個問題。

首先是惠美上班時得有人幫忙照顧阿拉斯・拉瑪斯，但這個問題，已經在諾爾德與萊拉常駐日本後解決了。

不過照顧連貝雷魯雷貝魯貝族的基納納這件事，就沒這麼簡單了。

基納納是個年紀大到能將養育真奧成人的惡魔大尚書卡米歐，當成小孩子對待的惡魔，他只要吸收到一點魔力就會失控，外加還有老人痴呆，所以照顧起來非常麻煩。

不過或許是因為神祕太空人讓他的喉嚨負傷，基納納現在變得不再像以前那麼渴求魔力。

再加上他後來還和失去魔力時的卡米歐一樣，身體愈變愈小，現在已經成了比當初來到二○一號室時還要小隻的蜥蜴。

現在已經能夠確定基納納喉嚨上的石頭，就是最後一樣大魔王撒旦的遺產阿斯特拉爾之石，但從之前在地下空間發生的事情來看，不難想像基納納的生命與阿斯特拉爾之石之間有著極為密切的關係。

考慮到這些因素，身為普通人類的諾爾德應該無法應付他，話雖如此，交給對魔界不怎麼熟悉又缺乏危機處理能力的萊拉照顧，也同樣令人感到不安。

最後只剩漆原能勝任這個工作，但他過去的經歷讓人無論如何都無法完全信賴他。

雖然在經歷過魔界的地下事件後，卡米歐也回到了日本，但他在日本的期間，力量真的就和一隻普通的黑雞沒什麼兩樣。

這麼做的理由非常單純，卡米歐即使失去魔力也不會變成人形，但若讓他維持平常的模樣，他的魔力又會對周圍造成影響。

魔力對諾爾德有害，要是來訪的佐助快遞或郵局員工打開門後，看見一隻巨大的鳥人，在各方面更是慘不忍睹。

最後終究還是只能先交給漆原照顧，這讓真奧這幾天上班時，都感到非常不安。

「路西菲爾並沒有做什麼。」

「我們也沒親眼目睹現場。還是你自己回去看比較快。」

「真是不乾不脆。」

獨自扶養年幼的惠美長大、並在不熟悉的異世界日本持續照顧艾契斯飲食的諾爾德，意外地擅長料理，雖然給基納納吃的料理也是麻煩他幫忙準備，但真奧還是無法完全放心。

「不用擔心，不是什麼壞事，千穗應該也會很高興。」

「……這和小千有什麼關係？」

「你之前不是才剛發生過那樣的事嗎？她一直擔心你繼續住在那個亂七八糟的房間裡，會不會搞壞身體。」

「這樣啊。」

「怎麼了嗎？」

真奧默默搖頭。

「不，沒什麼。不好意思這麼晚還來打擾，再見。」

「喔。」

「……嗯，晚安。」

諾爾德點了一下頭，惠美雖然對真奧的態度感到有些疑問，但還是坦率地回應。

諾爾德緩緩關上門後，有些擔心似的看向牆壁方向。

「他看起來很累呢。」

「要考慮的事情太多，自己能做到的事太少，這樣的狀況應該讓他的精神非常疲憊吧。」

即使隔著牆壁，還是能隱約聽見真奧走上公共樓梯的聲音。

「那麼從今天開始就能睡個好覺，對他來說應該是件好事吧。」

諾爾德才剛說完——

「啊？」

天花板便傳來真奧模糊的叫聲，讓惠美皺起眉頭。

「明明剛剛才說要小聲一點，以免吵醒孩子們。」

「沒辦法，正常來講都會嚇一跳吧。」

或許是聽見了真奧的吶喊，阿拉斯・拉瑪斯翻了個身，惠美稍微彎腰，輕撫她的頭髮。

「雖然現在講這個也太晚了，但他是不是忘了這孩子之前開的大洞，才沒過幾天就被補好了。」

「啊？」

真奧打開玄關點亮燈後，就呆站在原地，拚命摀住嘴巴。

他叫出聲後才想起阿拉斯・拉瑪斯已經睡著了。

要是鬧得太大聲，之後一定會被惠美責備。

不過遇到這種情況，不管是誰應該都會想大叫吧。

畢竟早上去上班時，還呈現廢屋狀態的房間，已經被漂亮地修好了。

「什……？咦……！」

差點以為自己搞錯走進鈴乃房間的真奧，反覆確認了房間號碼好幾次，但不管看幾次，這裡都是二〇一號室。

「這到底是怎麼回事？」

三坪大的房間內，充滿了讓人放鬆的全新藺草的香味，壁櫥的拉門上貼了一層繪有松林風景的紙，看起來就像是一幅水墨畫，就連牆壁都全部重新粉刷過了。

原本被撕破的窗簾，也配合室內的裝潢換成了遮光性高的典雅橙色窗簾，真奧戰戰兢兢地摸了一下後，發現背後居然還裝了一層白色的蕾絲窗簾。

更可怕的是，房間角落的某塊區域，還鋪了一層新的地板。

那裡以前是用來放置物櫃，現在不僅鋪了地板，上面還用像洗衣機墊板的長方形板子設了一個圍欄，裡面放了一個巨大又堅固的鳥籠。

在那個鳥籠裡面，有個寵物用的簡易暖爐，暖爐底下的稻草堆上，躺了一隻鼾聲大作的小蜥蜴。

「這、這、這、到、到底……對、對了，漆原，漆原和卡米歐呢……」

真奧動搖到現在才發現，沒看見留下來看家的漆原和卡米歐的身影。

「漆、漆原，卡米歐，你們在哪裡，廁所嗎？喂……漆原？」

真奧小聲呼喚漆原，開始尋找兩人，然後他突然像是在街上聞到了從某個家庭傳出的咖哩香味般，發現有細微的恐懼感情從壁櫥裡洩漏出來，於是他戰戰兢兢地打開壁櫥。

「唔喔。」

在壁櫥裡抱著黑雞發抖的漆原，宛如害怕室內的燈光般以充滿懼色的表情看向真奧。

仔細一看，他的眼睛變成紅色，頭髮也變成了銀色。

被漆原抱著的卡米歐，羽毛看起來完全失去了光澤，眼神也宛如死人般渙散。

真奧瞬間從腦袋裡的記憶，找出了最能說明這個狀況的解釋。

「房東太太來過了嗎？」

「……………！…………！」

「……嗶…………嗶！」

漆原默默點頭，全身抖個不停的卡米歐，用他的鳥嘴刁著一個信封。

信封的寄件人欄，記載了陌生的會計事務所的名字，但更加引人注目的，是一個宛如用來封印絕對不能甦醒的古代惡魔的鮮紅吻痕。

即使差點就要昏倒，真奧依然竭盡所能提振全副精神，收下那個信封。

「吶，你、你們兩個冷靜一點。放心吧，已經沒事了。」

真奧安慰著漆原，同時用顫抖的手打開信封。

裡面裝著一張折過的Ａ４紙，以及一張附有撕線的細長硬紙。

「嗯唔……！」

真奧一打開Ａ４紙，就發出奇妙的聲音往後倒，並在後腦杓撞上全新的榻榻米後，當場失去意識。

那張Ａ４紙是份明細，細長的紙張則是匯款單。

回收損壞到無法翻過來重新利用的榻榻米和準備新的榻榻米、補修拉門、重新粉刷牆壁，以及養寵物的籠子，這一切的費用不含稅要價八萬九千七百圓整。

真奧在看見窗簾與外出維修費是免費贈送，以及支付方法可再詳談的部分前，就失去了意識。

仔細想想，這也是理所當然。

真奧前陣子曾被天禰看見二〇一號室的慘狀。

萊拉是為了將昏倒的真奧送回日本，讓他回到二〇一號室避難才會做出這樣的判斷，所以沒辦法責怪她。

而不論原因為何，既然看見姑姑租給別人的房間變成這種慘狀，天禰當然必須向志波報

告。

最後的結果就是這個。

這次的事情，明顯是違反規約飼養動物，害房間破損到按照正常方式根本無法修復，還持續隱瞞這項事實的真奧他們的錯。

因為損壞情形不管怎麼看都已經到了會對日常生活造成影響的程度，所以光是支付方法還有商量空間，就已經算是非常寬大的處置了。

不過在真奧回到家之前，漆原居然連電腦都沒開，一直抱著卡米歐躲在壁櫥裡發抖，實在無法想像他究竟看到了什麼可怕的光景。

一〇一號室的惠美發現天花板傳來一道低沉的撞擊聲後，就陷入了寂靜。

「看來在各方面，都為他們帶來了極大的衝擊。」

「因為他們是惡魔嗎？」

「誰知道？我到現在都還搞不清楚呢。」

惠美苦笑地說完後，就直接關燈準備就寢。

勇者，理解後繼者的難處

「啊？」

真奧一清醒，就看到自己之前打開的刺眼燈光。

他皺起眉頭看向手錶，現在是凌晨兩點。

看來真奧並沒有昏倒多久，但他手裡確實還握著房間的修繕明細表。

「唔……」

真奧頂著朦朧的意識搖著頭起身，漆原和卡米歐依然一起縮在壁櫥的上層顫抖。

「看來明天只能拜託諾爾德或萊拉了。話說萊拉好像不在樓下，是回練馬了嗎？」

雖然不曉得漆原和卡米歐看到了什麼，但將基納納交給被房東荼毒過的兩人，還是讓真奧不太放心，對兩人來說也太殘酷了。

即使真奧和蘆屋都受不了漆原平常的舉止，但唯獨和房東有關的事情，他們無論如何都會變得非常寬容。

「你們明天就好好休息吧，總之先睡吧，不然身體會撐不住。」

「……！」

「……嗶……」

兩人姑且還是對真奧的話有反應，所以真奧決定別再繼續刺激兩人，久違地在不必擔心會因為勾到東西而破損的情況下，將棉被從壁櫥裡拉出來，直接躺下。

躺下來後，乾草的味道就變得更加強烈，真奧隨手將明細表拿到眼前。

「喔～榻榻米的味道。」

上面寫著這些公寓用尺寸的榻榻米，是熊本縣生產的標準款。

雖然真奧不曉得一片將近九千圓算貴還是便宜，但這樣他就能理解為何許多家庭會定期更換榻榻米了。

「……含稅超過九萬啊。」

不過作為改善居住空間的代價，實在是有點嚴苛。

即使錯在真奧（應該說是基納納），但沒有事先通知就像這樣請款，還是讓他覺得不太合理。

當然房東也能以嚴重違反規約為理由，勸告真奧在合理的期間內搬離這裡……

但畢竟原本的三位居民，一直都是在極為理性又遵守常識的情況下使用這個房間，所以難免會感到無法釋懷。

「蘆屋會生氣吧……不對，他之前就生氣過了……話說我們付得起這筆錢嗎？」

一回想起蘆屋看到基納納引發的慘狀時憤怒的模樣，真奧就忍不住重新起身，打開流理臺

底下的拉門。

魔王城的貴重物品都散置在這個流理臺底下，真奧從裡面拿出自己的薪資轉帳存摺。

「……不夠呢。」

真奧懊惱地說道。

雖然支付方法可以商量，但不管怎麼想，繼續拖延下去都不是良策。

既然房東都因為考慮到他們的狀況，而放寬規約幫他們準備了飼養基納納的環境，如果不盡快表現出誠意，會有違道義。

不過——

「嗯～我還以為存款會再多一點。」

漆原以前曾經因為遇到訪問買賣詐欺，而差點對家計造成超過四萬圓的損失。

四萬圓，就相當於真奧、蘆屋和漆原兩個月的伙食費。

從那起事件以來，為了預防生病或受傷等意外事故，真奧和蘆屋同心協力地以超越節儉的程度努力存錢，不過即使如此，他們現在一次最多也只能夠提出八萬圓。

而且直到下個月的發薪日前，他們的存款都不會再增加。

再加上目前的狀況，已經確定整個七月都不會再排班了。

雖然真奧去安特·伊蘇拉拯救被囚禁的惠美時，有從她那裡拿到那段期間無法上班的補償，但相對地真奧的生活圈裡，也多了一個伙食費相當於真奧他們三人的艾契斯。

儘管艾契斯的伙食費有一半是由志波家和諾爾德幫忙負擔，但真奧參加正式職員錄用研修時所買的各種商務用品，品質都不能差周圍的人太多，這也造成了一筆不小的支出。

「這種時候絕對不能依靠安特．伊蘇拉的黃金或寶石吧。」

就像漆原以前說的那樣，要不是為了配合真奧本人的意思，其實他們現在根本就沒必要在日本工作。

以真奧、蘆屋和漆原的力量，他們想從安特．伊蘇拉帶多少值錢的東西來日本都不成問題。

不過那位房東——志波美輝好歹也是擔任世界守護者的地球質點一族的成員之一，真奧實在不認為她能接受這種作法。

更重要的是，志波是因為知道真奧和蘆屋是認真想要融入日本的社會生活，才會允許真奧自由地生活。

要是真奧用以前非法從安特．伊蘇拉人那裡搶來的財物，來填補這筆損害，他甚至有可能再也無法踏上地球的土地。

「含稅超過九萬……唔……除了漆原的帳以外，我之前白色情人節也買了不少點心，所以下個月還要再扣個幾千圓，不管再怎麼節約，考慮到基納納的伙食費……唔。」

真奧蹲在流理臺前面的亮晶晶地板上，緊盯著存摺上那些不會變化的數字。

光是滅神之戰的壓力和職場環境的劇烈變化，就已經夠讓他煩惱了，現在又多了新的財政問題，讓他覺得胃開始痛了起來。

不過在思考讓自己陷入財政困難的原因時，他突然想起了一件事。

除了這個存摺上的數字以外，他現在應該還有其他能利用的資源才對。

並不是臨時收入或津貼之類的東西。

而是更加無形，類似票據的……

「……啊！」

真奧忍不住起身，然後看向自己的腳底。

打從來到日本後，他就一直在努力讓自己危險的財政狀況穩定下來。

那個時候，他不也確實地準備了保險嗎？

現在正是使用那個保險的時候。

隔天早上七點。

準備從裝在門上的報紙籃裡拿出諾爾德訂的報紙的惠美，在透過門上狹窄的投遞口看見某個奇妙的東西後僵住。

「怎麼了，艾米莉亞。」

「發生什麼事了嗎？」

「媽媽？」

聽見在與魔王城差不多的被爐上準備早餐的父親，和等著喊「開動」的阿拉斯・拉瑪斯與伊洛恩從背後傳來的聲音後，惠美維持彎腰的姿勢用力嘆了口氣。

「抱歉，你們三個先吃吧。」

惠美將報紙放在鞋櫃上，穿上涼鞋走向房間外的共用走廊。

「……一大早的，到底是有什麼事啊。」

她確實地關好門後，半是困惑半是煩躁地對跪在腳邊的頭如此喊道。

「我有事相求。」

惠美透過投遞口，看見了沒有按門鈴，直接跪在陰暗走廊上的真奧。

「什麼事？」

明明昨晚才見過面，到底是有什麼事呢？

雖然惠美推測應該和二〇一號室昨天發生的事情有關，但她還是猜不出真奧想說什麼。

「妳之前還欠我一個人情吧。」

真奧以和下跪姿勢極不搭調、高高在上的語氣說道。
惠美本來想回「你在說什麼傻話」，但立刻就想到了自己欠的「人情」。
「嗯，這麼說來，確實是有這件事。因為你後來什麼都沒說，所以我也忘了……居然一大早就跑過來，你有這麼想要機車嗎？」
惠美欠真奧的人情。
就是他救了被囚禁在安特．伊蘇拉的惠美後，要求的缺勤補償與報酬。
雖然缺勤補償和救助行動產生的費用與損害已經填補完畢，但考慮到對方是自己的宿敵，真奧當時還另外請求了救助報酬。
那就是惠美必須買真奧想要的機車給他。
「妳之前有說過只要價格別太貴，就可以隨便我挑吧。」
「我確實是有說過。不過像GYRO ROOF那樣的營業用機車還是太誇張了。我記得那個一輛新車就要約五十萬圓吧。我頂多只拿得出十萬圓……」
惠美說到一半，就被真奧打斷。
「讓我換成這個吧！」
說完後，真奧直接遞給惠美一張紙。
而那當然就是房東昨晚留下來的修繕明細表。

惠美拿起那張寫了許多小字的紙，用睡眼惺忪的雙眼掃了一下後，立刻大笑了起來。

「你真的是被擺了一道呢。」

「隨妳怎麼說。這全都要怪天界那些傢伙。」

「就結果來說，或許是這樣沒錯啦。」

惠美苦笑地將明細表還給真奧。

「房東太太能接受這種作法嗎？」

「只要是我在日本合法取得的錢就沒問題吧。」

雖然對照日本的法律，魔王對勇者持有的債權是否合法還有待商榷，但惠美也早就習慣真奧的個性。

「我知道了啦。要我直接付給房東太太嗎？還是有匯款單？」

「雖然有匯款單，但這樣要手續費吧。我也有事情想跟房東太太確認，希望能夠聯絡她直接付錢。」

「真受不了你。既然都說是我欠你人情了，就表現得大方一點啦。」

「跟別人講這種丟臉的事情，要怎麼樣才能表現得大方啊。」

儘管惠美覺得真奧講的話在各方面都很矛盾，但這也是真奧展現誠意的作法吧。

不如說要是沒發生這件事，他可能早就連機車的事情都忘記了。

「我知道了啦。我也有事想問志波小姐。我會去領錢，可以先借我看一下那張明細表吧？」

「太感謝了！抱歉啦！」

真奧起身並雙手合十道謝，惠美微笑地說道：

「這到底是你第幾次跟我道謝啦。該不會其實你欠我的人情還比較多吧？」

「唉～這個和那個是兩回事。總之這樣就不用挨蘆屋的罵了！」

如果真奧他們之後被警察抓，或許又會找惠美過去也不一定。

惠美一想起以前的事情，就露出苦笑。

「先約明天上午如何？妳明天也是下午才開始上班吧？」

「說得也是，還是早點解決比較好。我知道了。話說路西菲爾和卡米歐後來還好吧？我昨天最後一次看見他們時，他們一副茫然若失的樣子。」

「我剛才確認過，他們都好好地在壁櫥裡睡著了，之後應該會自己復活吧。頭髮的顏色和羽毛也變回原狀了。」

「有必要嚇成那樣嗎？據我爸爸所說，雖然來了很多業者，但並沒有發生什麼特別的狀況。」

「我也不曉得，但從諾爾德、加百列和伊洛恩都能自然地和房東太太互動來看，那個人大概具備了某種只對我們這些惡魔不好的性質。」

「這我也能明白，但都到這種地步了，難道你不會好奇嗎？」

「好奇歸好奇，但我也不想直接去問她……唉，總之不好意思啊，我現在要去上班，詳細的時間我們到店裡再談！」

「好好好，路上小心。」

真奧說完想說的話後，就匆忙地離開，惠美邊嘆氣邊目送他離開後，就回到房間裡。

「我只有隱約聽見你們在說話，發生了什麼事嗎？」

「只是把欠的錢算清楚而已。昨天修理完房間後，他們好像被要求支付一筆不小的金額。

呼，我開動了。」

「要幫妳重熱味噌湯嗎？」

「不用了，沒關係。等我吃完後，過一會兒就要去銀行。」

「銀行？」

「銀行。就是真奧他們要存錢或領錢時去的地方。」

「……我不知道。」

「阿拉斯．拉瑪斯長大後就會知道了。」

因為覺得外表比艾契斯還年幼的伊洛恩，擺出哥哥架勢的樣子有點好笑，惠美忍不住露出

微笑。

「阿拉斯・拉瑪斯已經是姊姊了！」

而嬌小的阿拉斯・拉瑪斯鬧彆扭的樣子，也同樣非常可愛。

「阿拉斯・拉瑪斯也要去散步嗎？」

「要去！」

「不管妳吃得再快，都不會馬上出門喔。今天下午才要開始上班，可以慢慢來。」

「不要！我要去散步！」

看來太早告訴阿拉斯・拉瑪斯了，惠美在心裡無奈地聳肩，然後配合阿拉斯・拉瑪斯的步調，開始大口吃起父親做的早餐。

接著不知為何，連伊洛恩都刻意用粗魯的動作，張大嘴巴扒飯。

「哎呀，你們幾個，要細嚼慢嚥喔。」

諾爾德像是在提醒小孩子般笑著說道，惠美見狀，也在與阿拉斯・拉瑪斯和伊洛恩互望了一眼後露出微笑。

然後，從公共樓梯那裡傳來有人大步衝下樓的聲音。

隔著牆壁與窗戶聆聽真奧去上班的聲音，惠美喝了一小口味噌湯後，嘆了口氣。

自己真的可以沉浸在這種平穩的時光中嗎？

悠閒地吃早餐，擬定出門計畫，到了中午和晚上，肯定也會繼續像這樣用餐吧。

安特・伊蘇拉的教會騎士團已經全軍出動，靜靜地動搖著聚集在魔王城的人們。

蘆屋、鈴乃、艾美拉達和盧馬克，一定都在努力應付這樣的情況。

證據就是即使人在安特・伊蘇拉也會頻繁與惠美聯絡的鈴乃，在惠美敗給神祕太空人回到日本後的那幾天，完全沒有和她聯絡。

鈴乃和艾美拉達背負的職責，讓她們不得不返回西大陸，最後是蘆屋聯絡惠美，告訴她兩人之後將不方便與日本聯絡。

如今總算看見敵人的真面目了。

然而惠美別說是壓制敵人了，甚至連碰都碰不到對方就落敗了，明明離那件事才沒過幾天，她居然像是這世界已經完全沒有值得憂心的紛爭般，和家人一起幸福地吃飯。

「艾米莉亞，沒關係啦。」

或許是察覺停止動筷的惠美心裡的想法，諾爾德開口說道。

「妳已經比這個世界的任何人都要努力地賭命戰鬥過了。至少這時候就好好休息吧。即使現在休息，等候其他同伴的通知，也不會遭天譴啦。」

「……嗯，說得也是。」

為什麼會被發現呢？

「我當然會注意到，不管經過幾年，妳都還是一樣好懂。」

即使或許真的就是這樣，惠美還是不希望父親在阿拉斯．拉瑪斯面前說這些話。畢竟她現在好歹是個「母親」。

「爺爺，媽媽，怎麼了？」

「沒什麼。比起這個，阿拉斯．拉瑪斯，妳的豌豆還沒吃喔。」

「……不要。」

阿拉斯．拉瑪斯的盤子上，就只有豌豆還剩下很多。

她最近突然開始變得挑食，但惠美無法判斷這到底是成長還是變化。

「要乖乖吃掉喔，阿拉斯．拉瑪斯，妳是姊姊吧。」

「……嗚。」

其實食量不輸艾契斯的伊洛恩的盤子，已經乾淨到連一滴醬汁都沒剩。

阿拉斯．拉瑪斯交互看向伊洛恩的盤子和自己的盤子，然後呻吟了一聲。

雖然惠美至今仍在煩惱該如何處理這種狀況，但諾爾德搶在惠美之前起身。

「我本來想說挑食不是件好事，不過涼掉後油會變苦吧？來，爺爺幫妳重新加熱。」

諾爾德應該還未滿五十歲，但當爺爺已經當得有模有樣，讓惠美覺得有點好笑。

「到頭來還是要做或不做的問題。如果只能接受最正確的答案，根本就無法前進。」

諾爾德將阿拉斯．拉瑪斯剩下的豌豆，連同少許冷凍玉米一起放進煎蛋用的小平底鍋上重新加熱，惠美看著父親的背影，回想起阿拉斯．拉瑪斯剛與聖劍融合時的事情。

幾乎沒照顧過小嬰兒的惠美，當時非常煩惱自己是否能夠獨自照顧阿拉斯．拉瑪斯。

她也曾經歷過許多失敗。

不過在鈴乃、千穗、真奧和蘆屋，以及姑且也算有參與的漆原的協助下，她不知不覺間習慣了大部分的育兒作業，煩惱的機會也變少了。

「只要努力做自己能做的事，就算是繞遠路，終究還是能抵達某個地方嗎？」

「熱好囉。阿拉斯．拉瑪斯，還吃得下嗎？」

「可以！」

阿拉斯．拉瑪斯用從剛才挑食的樣子難以想像的速度，吃起了散發奶油香味的炒豌豆和玉米，惠美在佩服父親判斷的同時，也因為擔心阿拉斯．拉瑪斯攝取太多油與鹽分，而決定中午要準備熱量低一點並少鹽的菜色。

「大家好……啊。」

當天下午四點四十五分，接替午餐時段人員來上班的惠美，在員工間第一次見到岩城。

穿著員工制服，戴眼鏡的嬌小女性。

惠美馬上就發現她是千穗簡訊裡提到的新店長。

不過對方似乎沒發現惠美走進員工間，岩城緊盯著像打工情報誌的東西，拚命在空白的影印紙上抄寫資訊。

「那個……」

雖然覺得在別人集中精神時打擾不太好意思，但惠美也不能無視她，所以只好上前搭話。

「啊！呃，那個，幸會。我是這次被派來這裡的岩城。」

岩城新店長慌張地起身，快速地做完自我介紹。

「幸會。我叫遊佐惠美。請多指教。」

惠美也重新低頭行禮。

「遊佐小姐……啊！聽說妳是最擅長電話服務的員工。」

「雖然我不曉得是不是最擅長……」

做出這個讓人難為情的評價的人，應該是木崎吧。

「但我只是個才剛開始工作四個月的新人。我還有很多不懂的地方，希望您之後也能繼續指導我。」

這不是謙虛，惠美從來不覺得自己表現得最好，雖然託真奧的福，很快就熟悉了店裡的事，但這和能否完美回應客人的要求是兩回事。
在常駐菜單中，還有很多惠美沒親自製作過的餐點，正因為認為自己尚未擺脫新人的階段，她才會如此回答。
「……！」
岩城不知為何，在眼鏡的後方露出有些驚訝的表情。
「店長？」
「……不好意思。我才要請妳多多指教。木崎小姐說她傍晚後，會再來和我交接業務，但今天晚餐時段的人手不多，請妳好好加油。」
「好的，我知道了。」
惠美坦率地如此回答，並自然地走進更衣室換衣服。
等惠美換好衣服出來後，她發現岩城又開始寫東西，於是稍微行了一禮後就去打卡了。
惠美順便掃了一眼今天的出勤名單，自己、真奧、明子和川田都有排班。千穗六點會來，木崎之後也會回來店裡，確認人手並非真的那麼不足後，惠美稍微鬆了口氣，走到外場。
惠美覺得與岩城的初次會面，對彼此來說都不是件壞事。
不過她隱約從岩城身上，感覺到一股類似焦躁感的不明情緒。
「喔，惠美，辛苦啦。不好意思，一大早就去打擾妳。」

「你好。我已經做好準備了，明天要約幾點都行。我剛和岩城店長打過招呼呢。」

正好人在一樓櫃檯的真奧向惠美搭話，因此她稍微轉頭望向員工間的門。

「這樣啊。她有說什麼嗎？」

「只有普通地打招呼而已喔。」

惠美露出困惑的表情，真奧稍微皺起眉頭，但立刻搖頭說道：

「這樣啊。那就沒事了。」

「你怎麼從昨天開始，講話就這麼含糊，你到底在隱瞞什麼。」

「抱歉。我並不是想隱瞞什麼。」

真奧意外坦率地道歉。

「妳晚上應該就會知道了。抱歉，我實在是無法不去在意。」

結果真奧還是沒解釋清楚，但從對話的走向來看，他似乎在煩惱一件和店裡的工作有關的事。

「我知道了啦。雖然不曉得是怎麼回事，但時段負責人真是辛苦呢……喔，有電話。」

此時耳機傳來外送電話的通知，於是惠美趕緊走向點餐平臺。

這通電話是來自一間離這裡有段距離，經常利用外送服務的小公司。

雖然現在還沒問題，但如果真奧和川田同時出去外送，人力或許會變得有點吃緊。

「我是不是也去考個駕照比較好。」

結束通話並目送真奧出發後，惠美心不在焉地說道。

雖然木崎看上惠美之前的工作經驗，安排她專門負責接電話，但除了她以外，其他員工當然也能勝任這項工作。

白天有許多主婦在，因此有駕照的人很多，問題在於晚上的固定班底都是相對年輕的員工，當中只有真奧和川田能夠外送。

惠美也聽真奧說過好幾次公司有補助員工考機車駕照，所以試試看應該沒有壞處。

就在惠美這麼想時——

「歡迎光臨！」

她聽見明子開朗的聲音，於是惠美也打起精神站到收銀機前面，全力露出笑容。

即使是只工作過四個月的新人，也知道一到尖峰時段就會湧入許多客人。

不巧的是，真奧才剛外出。

惠美透過耳機拜託店長室的岩城支援，後者也像是明白狀況般立刻衝了出來。

「花見漢堡做好了！」

「收您一萬圓。這邊收到一萬圓。」

「買幸福兒童餐，現在可以從這裡面挑一個玩具……不對，不好意思，這次附的玩具不能

挑選……不是，因為是這種包裝，所以我也不曉得內容，真的非常抱歉。」

「讓您久等了！這裡是麥丹勞幡之谷站前店，敝姓遊佐！請問是要外送嗎？」

「大家好，我來加開一個櫃檯！讓各位久等了。請在前面排隊的客人移動到這個櫃檯！」

「不好意思，讓您久等了。等餐點一做好就會馬上送過去，請把這個牌子放在桌上看得見的地方……」

「阿真出去啦。小川繼續留在店裡，這份由我去送。小杯可樂和奶昔啊……還有三個派……」

「外帶照燒雞肉堡和大麥克套餐的客人！讓您久等了！」

當天的晚餐時段，最後是在非常驚險的情況下度過難關。

雖然惠美、明子和川田都知道千穗與木崎之後會來支援，但人手增加後客人也跟著增加，完全沒有喘息的空間。

即使如此，他們還是度過了難關，這都多虧了有岩城幫忙。

當初大家知道木崎將要離開時，曾經擔心過萬一繼任的店長不擅長第一線的工作該怎麼辦，但這完全是杞人憂天。

簡單來講，岩城所有的行動都既正確又快速。

岩城與員工們的搭配，順暢到難以想像她才來店裡第二天，對器材和調味料的位置，也都掌握得一清二楚。

晚上九點以後，人潮總算告一段落。

「今天真是誇張。」

「我流了好多汗。」

千穗總算稍微能夠講話。

「原來一口氣來很多人時，會變成這樣啊。我跑上跑下了好幾次，害我腳好痠喔。」

岩城也稍微鬆懈下來，放下身段如此說道。

最後真奧、木崎和川田都忙著在外送，根本沒有人能一直待在二樓的咖啡櫃檯。

所以岩城、明子或千穗必須視情況到二樓支援，每個人都要反覆地上下樓。

身為正式職員的岩城，穿的是低跟的淺口鞋，所以感覺應該更累吧。

「不過平常很少遇到二樓和外送都缺人的狀況。而且通常不會全部的機車都一直在外送，今天算是特別辛苦的一天。」

千穗如此說道。

「是啊。與其說是客人太多，不如說是點的餐點量太多了。平常這樣的人數，應該是不會忙到這種程度。」

明子也表示贊同。

「不過最近外送變多了呢。感覺三臺機車全部出動的次數也變多了。可是以我們這間店的規模，就算想增加機車也沒地方放呢。」

惠美也苦笑地陳述這個進退兩難的狀況。

「原來如此。」

岩城點頭贊同三位女性員工的分析，她操作收銀機的畫面，叫出客人數量的資料嘟囔道：

「實際體驗過後，我發現這間店真的很厲害呢。」

「咦？」

「當然從過去的營業額和來客的傾向等數據資料也能看得出來，但實際體驗過後就會發現……」

岩城推了一下眼鏡後，嘆了口氣。

「意外地不是單純來客數很多而已呢。」

這對惠美來說本來就是個很難接下去的話題，而岩城的側臉看起來又像是在苦惱著什麼，讓她更加不能隨便回答。

惠美也知道木崎的能力遠遠超過一般的店長，所以或許會對繼任者造成很大的壓力。

千穗似乎也發現了這點，露出擔心的表情，但不知為何，她看起來莫名地不安。

這麼說來，之前似乎在隱瞞什麼的真奧，好像暗示過千穗來上班後，一切就會變得明朗，不曉得是不是和這件事有關。

「……」

真奧、千穗和岩城似乎都隱瞞了什麼，讓惠美感到非常不自在。

就在她這麼想時——

「過去！夜晚曾是用來彰顯我女神的城堡，讓人心振奮的舞臺布幕！」

「咦？怎麼了？」

突然響起一陣朗朗的男高音旋律，讓岩城驚訝地抬頭。

「不過現在又是如何，一次又一次降下的夜晚帷幕，就像是不斷提醒我與女神分別的日子即將到來，殘酷的地獄歌聲！」

「哇……」

「啊……」

「喔……」

「發生什麼事了？」

千穗、惠美和明子馬上就察覺那道聲音的真面目，變得面無表情。

那是感覺已經很久沒聽到的，沙利葉的情詩。

因為沙利葉很少在晚上出現，所以幾個不認識他的客人，也驚訝地凝視入口的方向。

惠美和千穗試著尋找擅長監督沙利葉的肯特基幡之谷店的時段負責人，古谷加奈子的身影，可惜她今天似乎沒有上班。

「哎呀，岩城店長，感謝妳今天早上特地過來打招呼！佐佐木、遊佐、大木，我想客人應該差不多開始變少，所以就來了。」

「咦？啊。是的，感謝您的關照，那個，您是猿江店長吧？」

雖然附近的同業店長以客人的身分來訪也很正常，但沙利葉以一個人來說過於脫離常軌的言行，讓岩城完全來不及反應。

從兩人的對話來看，他們應該已經見過面，但岩城似乎沒有從別人那裡聽說過沙利葉的這一面，這讓惠美與千穗忍不住互相對視。

最後兩人默默地做出「不對，應該是即使有聽過，在親眼看見前還是難以置信吧」的結論。

「遊佐小姐，大木小姐，交給我來應付好了。」

「我知道了。店長，放心吧。千穗會負責處理他。」

「咦？咦咦咦？沒、沒問題嗎？」

「放心啦放心啦。啊，佐惠美，我去檢查一下冷凍庫。」

將事情推給高中女生處理，讓被明子和惠美拉到後面的岩城動搖不已，但明子和惠美也已經繃緊神經做好萬全準備。

視猿江的行動而定，岩城或許會正常地報警或禁止他入店，姑且不論千穗有沒有必要阻止她這麼做，事情或許會因此變得一發不可收拾。

所以這才是目前最好的安排。

「……歡迎光臨，猿江店長，請問是要用餐嗎？」

如果是以前的沙利葉，現在應該已經掏出花束了，但仔細一看，他今天穿的是西裝，若只看外表，看起來就是個普通的社會人。

「不，我今天來，是有東西要給真奧。」

這讓之前的情詩顯得更加異常，既然是來找真奧，那為什麼要詠唱情詩呢？

「要找真奧哥嗎？不是因為想見木崎小姐，才說那些奇怪的話嗎？」

好歹已經認識沙利葉一段時間的千穗，忍不住如此問道——

「一想到再過不久，就算來這裡也見不到木崎店長，我的心就好像要被撕裂了。是這種痛苦的心情，讓我自然而然地說出了那些話。當然如果今天能見到木崎店長，就再好不過了。」

但結果似乎是因為這樣。

千穗因此感覺到許多危險的徵兆，並深切地覺得必須在沙利葉做出什麼傻事前，好好警告他一番。

「……岩城店長是普通人。要是你亂來害她報警，我可幫不了你喔。」

「這我當然清楚。妳覺得我會對那個戴著可愛眼鏡的迷人女性，做出失禮的事情嗎？」

沒想到這世界上居然真的會有男性講出「迷人」這個詞的千穗，忍住想吐槽「就一個社會人來說，難道你幾十秒前的行動不算失禮嗎？」的衝動，只講必要的事情。

「猿江店長的那一套，只有木崎小姐有辦法接受。請你之後別對岩城店長詠唱什麼『為木崎小姐不在感到悲傷之詩』喔。」

「呵呵呵，放心吧，佐佐木千穗。我才不是那麼不會看狀況的男人。」

雖然對木崎小姐專情這點，或許還有辦法同意，但會不會看狀況這件事，應該有很大的議論空間。

「身為一個社會人，我打算和她建立良好的關係。考慮到未來的狀況，在木崎店長離開後，我也必須好好維護自己的形象……木崎店長……木崎店長離開後……嗚嗚嗚……！」

才剛發下豪語說自己會看狀況的天使，馬上就不顧旁人的眼光開始大哭，而千穗也毫不心軟地說：

「請別趴在櫃檯上哭，這樣會給其他客人添麻煩。如果有東西要交給真奧哥，我可以先幫忙保管……啊。」

就在千穗以冷漠又平淡的聲音加以警告時，真奧正好抱著安全帽回來。

「真奧哥，猿江店長找你。」

「喔，來得正好。」

真奧將外送用的保溫袋和安全帽放回定位，並在走向沙利葉的同時，以眼角確認岩城正看向這裡。

「哎呀，不好意思，在你正忙的時候麻煩你過來。」

「……吶，真奧。今天是幾號？」

「四月二日。」

「……木崎店長週末就會離開吧。」

「是的。」

「從四月一日開始，這裡就已經是岩城店長的店了。」

「真希望這是謊言。」

「告訴我這一切都是謊言啊啊啊啊……」

「就算我說是謊言，現實也不會改變啦。喔，就是這個啊。」

雖然千穗之前因為久違地聽到了沙利葉的情詩而沒有發現，但他的手上拿著一個Ａ４尺寸的褐色信封袋。

真奧從大哭的沙利葉手中接過那個信封袋後，就擅自打開窺探裡面的東西。

「不好意思啊，真是幫了大忙。」

真奧只有這時候用認真的語氣回應沙利葉，然後用手拍了一下泣不成聲的大天使的肩膀，苦笑地說道：

「給你添麻煩了，不介意的話，讓我請你喝一杯咖啡吧。」

「我想喝木崎店長泡的！」

「我知道了啦。木崎小姐還沒回來，稍微在這裡等一下吧？我會幫你拜託她。」

「嗯……嗯……嗚嗚嗚。」

真奧對沙利葉莫名地溫柔，這樣的場景某方面來說也頗為詭異。

不過或許是真奧的安慰奏效了，沙利葉乖乖地跟著真奧上了二樓。

「到、到底是怎麼回事？」

千穗困惑地低喃，就在這時候，耳機裡傳來剛上樓的真奧的聲音。

『不好意思，等木崎小姐回來後，有沒有人能幫忙通知她，請她上來二樓一下？』

「我知道了。我會幫忙轉達。啊，她剛好回來了。木崎小姐！」

真奧才剛說完，木崎就送完外送回來了。

千穗對櫃檯後方的惠美使了個眼色後，就跑向木崎。

千穗一說猿江正在二樓哭，木崎就苦笑地說道：

「真沒辦法。佐惠美，妳現在有空嗎？」

「啊，好的。」

木崎朝原本待在岩城身邊的惠美喊道。

「不好意思，請妳和岩城店長一起過來一下。我會拜託明明他們下樓顧櫃檯。岩城店長，請妳跟我一起走到樓梯中間。這樣就能大概知道那傢伙是個什麼樣的人。」

「咦？咦？」

「店長，放心吧。我會陪您一起過去。」

「咦咦咦？」

還搞不清楚狀況的岩城，被惠美從櫃檯拉到通往二樓的樓梯中間。

「那麼，我先上去了。」

木崎對岩城這麼說後，就走上二樓。

「木、木崎店長啊啊啊啊……！」

「咿！」

岩城突然聽見一道摻雜了喜悅與悲傷、宛如浮在海面上反射各種光彩的厚重油膜般的慘叫，嚇得縮起身子。

就在這個瞬間——

「放心吧，那個人基本上只會對木崎小姐做出這種舉動。」

惠美領悟到自己背負的使命，她像是要舒緩岩城的緊張般，輕輕靠到岩城身邊。

「我、我已經、我已經不曉得該怎麼辦了……嗚嗚嗚。」

「請你之後務必和岩城店長好好相處。我記得你喜歡美式咖啡吧……」

木崎和沙利葉的對話，也隱約傳到了樓梯間。

「猿江店長姑且算是個公私分明的人。而且對面的店裡也有個負責監視他的人，雖然他是那副德性，但請您別太害怕他……」

站在個人的立場，惠美實在不想替沙利葉辯護，但她也認為不能讓岩城太過害怕猿江店長。

惠美說完後，岩城茫然地點了一下頭。

「呃，那個，其實木崎店長事前有跟我說明過，只是那和我今天中午去跟他打招呼時的樣子落差太大，還有單純沒想到真的有這種人存在，讓我嚇了一跳而已。」

其實惠美，以及幡之谷站前店的員工們平常也都是這麼想。

然後，或許是已經把沙利葉交給木崎處理，真奧也苦笑地走了過來。

「雖然一開始應該會嚇一跳，但他只是和女性說話時傾向使用熱情的詞彙，基本上還算是個有禮貌的人。大部分的員工都已經習慣他了，如果覺得沒辦法應付他，可以直接丟給其他人處理。」

「喔……」

岩城傻眼地聽著真奧的說明——

「嗯……謝謝你，我已經沒事了。」

接著剛才一直集中精神傾聽木崎和猿江對話的岩城，露出複雜的表情。

「我以前好歹也在鬧區的大型店待過，見過許多會讓人嚇一跳的客人。不用擔心，我會自己好好將他當成鄰居對待，不會太過依賴大家。謝謝關心。」

「「？」」

與嘴巴上說的相反，岩城在經歷過第一次衝擊後，臉色看起來並不太好。

不過既然本人都這麼說了，真奧和惠美也沒辦法再說什麼——

「我還有事要處理，先回後面了。有事再叫我吧。」

只能默默看著岩城走向員工間。

「她果然嚇了一跳。」

「沒被嚇到才奇怪吧。」

惠美擔心地說道，真奧也像是覺得正常般，將手抱在胸前。

「唉，不過我們也不好再多說什麼。先下樓吧。一直把一樓交給小千他們也不好意思。」

「說得也是。」

兩人一下樓，就發現千穗正緊張地等待他們。

「岩、岩城店長的表情看起來好像很苦惱，她沒事吧？」

「應該……沒事吧。吶？」

「大、大概吧。」

真奧和惠美都知道沙利葉的存在會為普通人帶來多大的衝擊，所以也無法斷言。

更何況早在沙利葉來之前，惠美就發現岩城的樣子有點奇怪了。

「話說回來，沙利葉是拿什麼來給你啊。」

「啊，這個嗎？」

真奧舉起手上的信封袋。

「其實我之後想給妳們兩個看樣東西。不然就等明天一起去房東太太家時……對了，小千現在放春假吧。妳明天上午有空嗎？」

「是的，我有空，發生什麼事了嗎？」

「嗯，說來有點丟臉，其實我是要去跟房東太太道歉。」

「咦？」

真奧簡單說明之前在魔界發生的騷動，讓房東發現二〇一號室的慘狀，導致最後他被要求支付修繕費的事情。

「我打算用惠美欠我的人情來償還這筆帳，再來就是也差不多該消除一些不安的因素了，所以我今天早上來上班前，先拜託沙利葉準備了這個。」

真奧說完後，輕拍了一下褐色信封袋。

「代價就是今天請他喝一杯木崎小姐泡的咖啡。」

「咦？」

千穗覺得這似乎是自己第一次見識到真奧「邪惡」的部分。

然後，或許是注意到千穗的表情，真奧有些尷尬地別開視線。

「我自己也覺得對木崎小姐和岩城店長不太好意思，但如果這樣就能讓沙利葉在接下來的三年保護這一帶，不是很划算嗎？」

「雖然或許是這樣沒錯。」

因為這樣就像是把毫不知情的木崎給捲了進來，所以千穗的語氣也變得有點嚴厲。

「之前去救惠美的時候，為了以防萬一，我也有拜託過他保護這裡，對吧？」

「我知道了啦。所以說，到頭來那個到底是什麼？」

真奧稍微留意了一下明子和川田的位置後，壓低音量說道。

「嗯，將沙利葉、加百列、萊拉和漆原的說法全部整合過後，我發現似乎有些地方兜不起來。」

「兜不起來？」

「嗯。前陣子那件事，讓我清楚理解到情報不足會引發多麼致命的狀況。所以我想將我們之前從各處聽來的情報重新整合起來，好好將情報整理一下。我請沙利葉把他知道的所有天界的情報都告訴我，再和惠美聽到的情報一起進行比對與整理。在這個過程中，我發現了一件無論如何都必須向房東太太徵求意見的事情。」

「是和天界有關的事情？」

真奧點頭回答惠美的問題。

「尤其是小千之後不會直接參與計畫，所以我希望她能確實掌握情況。我們以後見面的機會一定會變少，所以我不想讓她操多餘的心。」

真奧說完後，千穗驚訝地抬起頭，但又立刻把頭垂下去。

「你聽木崎小姐說了嗎？」

「嗯。」

「咦，怎麼了嗎？」

惠美看兩人一臉嚴肅，也跟著慌了起來，但千穗立刻抬起頭，以蘊含著堅強意志的眼神看向惠美。

「我打算這個月離職。」

「咦……？」

高中三年級的四月。儘管惠美之前也有想像過幾次，但實際聽千穗本人這麼說後，還是產生了動搖。

「是為了替考試與明年做準備。所以，我……」

「千穗……」

「為了在滅神之戰結束後，能抬頭挺胸地說自己有努力過，我現在想將精神集中在自己的本分上。所以……」

從千穗的眼裡，透露出堅定的決心，以及少許的寂寥。

「我已經在之前的支爾格使出了全力。再來就只能祈禱真奧哥和遊佐小姐獲勝歸來了。」

※

「我打電話給認識的打工情報誌業務後，他說可以幫我們擠一則廣告進去，但剩下的全都要等兩個星期以後……」

在猿江戀戀不捨地回去後，木崎和岩城在麥丹勞幡之谷站前店的店長室內，面對面討論之

後的排班該怎麼辦。

「非常感謝。真是幫了大忙。不過光是想像將有五個能夠處理今天這種場面的員工離開，感覺胃就痛了起來。尤其是佐佐木小姐，她真的是個厲害的女孩。」

「在我至今接觸過的高中生員工當中，她無疑是最優秀的一個。雖然性質不同，但她離開後造成的空缺，可以說和前山小姐一樣大。」

「她果然一定會離開吧？」

「畢竟是高三生。不僅父母不會允許，她本人的意志也很堅定。既然她本人都這麼說了，不管再怎麼慰留都沒用吧。」

「唉……」

原本就很嬌小的岩城，給人的感覺又變得更小了。

「明明營業型態愈來愈多，人力方面的預算卻有縮減的傾向。即使之後募集到一定程度的人手，可能還是要趁現在的經理還在時，盡可能多增加一些人手比較好。這區的經理，最近似乎也可能會調職。」

「我、我知道了。」

「現在晚上的成員，只剩真奧和遊佐比較穩定。雖然川田也很可靠，但他今年也大四了，而且他說過畢業後要繼承家業，如果過度依賴他，之後或許會很辛苦。大木今年也大三了，很可能會在夏天時展開求職活動。」

「……求職活動有那麼早就開始嗎？我已經忘了。」

「因為新聞是說從大四的夏天開始解禁，所以許多人都以為是從那時候開始。不過完全不是那麼一回事。實際上去年就有一位離職的員工告訴我，他在大三的三月就拿到了大企業非正式的錄取通知。」

木崎繼續補充一些關於其他員工的資訊，並在最後說道：

「幸好目前還在的員工都是『成熟的人』。所以即使有點強硬，也要盡快將他們染上岩城店長的風格。」

「……真的沒問題嗎？」

岩城不安地問道，木崎用力點頭回答：

「反正這樣就離開的員工，原本就待不久。」

「……！」

「其他打工情報誌的負責人名片，我都放在檔案夾裡。我有事先通知他們更換店長的事，所以他們應該都很清楚這邊的狀況。排版方面還滿自由的，至於刊登廣告的預算，現在只要打個電話通知經理，就算不必特別多說什麼，也能獲得核准吧。」

在那之後，岩城和木崎又繼續討論了一會兒。

一個小時後，到了晚上十點。

「三位都辛苦了。小千下班的時間到了吧。」

現在負責一樓櫃檯的，正是剛才也有提到的千穗和惠美。

「嗯，十點了。佐佐木小姐已經可以下班了吧。」

「是的，各位辛苦了。」

「我今天也要下班了，不如一起回去吧。」

千穗瞬間想到自己和木崎回家的方向應該不同。

「妳有話要跟我說吧。」

看來木崎還記得千穗說過有事想找她商量。

「是的，那就拜託了。」

千穗接受木崎的好意，兩人一起走出店裡。

惠美、明子和岩城目送兩人離開。

「岩城店長？」

惠美發現岩城望向兩人時的側臉似乎有點僵硬，於是開口搭話。

「……啊，抱歉。真奧在樓上嗎？」

「不，他去外送了。如果有客人來，才會派人上二樓。」

「這樣啊，我知道了……我可以趁現在去看一下二樓嗎？」

「咦？」

岩城的問題讓明子瞬間困惑了一下，但惠美立刻打斷她點頭回答：

「好的，沒問題。」

「不好意思。我是第一次在有MdCafe的店工作，所以想趁現在人少時，看一下平常運作的樣子。」

岩城快速說完後，沒等兩人回答就上了二樓。

「店長到底怎麼了？這時候就算去二樓，應該也沒事做吧。」

現在是晚上十點，就算要開始收拾也太早了。

話雖如此，現在也沒有客人在，就算上樓也無事可做。

「或許是有什麼只有公司員工能做的工作。又或是木崎小姐跟她交接了什麼職務吧。」

「啊，說得也是。畢竟岩城店長非常努力維持木崎小姐營造的氣氛。」

至少從打工人員的角度來看，許多員工已經明白岩城是個不會在工作時偷懶的人。

不過——

「我也上去看一下。」

「咦？」

就在惠美快速走出櫃檯，明子也忍不住表示驚訝時——

「遊佐小姐應該沒關係。我們大概不行吧。」

川田從廚房裡走了出來。

「像這種時候，還是讓資歷較淺的遊佐小姐去比較好。我們的立場太偏向木崎小姐了。」

「啊。」

說到這裡，明子總算也理解了。

「說得也是。這樣她也不好做事。」

「即使我們沒有那個意思也一樣。」

「不過我能體會。岩城店長的年紀其實和我們差不多吧。雖然木崎小姐給人的感覺就像是另一個世界的人，但岩城店長比較像是不久後的自己呢。啊～」

自從知道同事中山孝太郎漂亮地在大三就拿到非正式的錄取通知，以及真奧沒通過正式職員錄用考試後，只要一提到關於就職的事，明子就會變得緊張。

「我完全不覺得自己有辦法當公司員工！」

※

千穗和木崎以比平常慢許多的步調走在路上。

畢竟就算是為了陪千穗商量事情，身為店鋪負責人的木崎，還是不希望讓高中生在下班後的晚上繞去其他地方。

「怎麼樣？和岩城店長處得還好嗎？」

「我覺得她是個溫柔的人，也想盡可能成為她的助力……坦白講，在她上任第一天就告訴她那種事，讓我感到非常抱歉。」

「這也是沒辦法的事。我們早就大概預測到會變成這樣了，對她來說，早點知道遠比後來才知道要好多了。」

千穗是在講之前提離職的時機。

「不如說，光是妳的父母願意讓妳打工到四月，就已經讓我們感激不盡了。如果是笹幡北高中，從現在開始以東大或京大為目標也來得及吧？」

「我沒辦法啦。雖然好像有個去年決定重考的學長，在今年考上了京大。」

千穗還記得教職員辦公室外面掛了個布條，像是在慶祝有人拿到奧運金牌般，讚揚那位連長相和名字都不知道的學長的表現。

「我的成績沒那麼好，社團活動的表現也不搶眼。或許是因為這樣，周圍的人都沒有給我升學壓力。」

「這還真是了不起。」

木崎如此說道，千穗困惑地詢問原因後，木崎開口回答：

「這表示周圍的大人一直都很尊重小千的決定。之所以讓妳在三年級的第一個學期繼續打工，也是因為相信妳會認真選擇自己的出路。正常來講，應該差不多會有大人提醒妳該好好準備考試了。」

「木崎小姐是第一個會當面跟我說這種話的人呢。我媽頂多只會說要我好好思考，還有自己要有所節制。」

「這些話說起來可沒那麼容易喔。我以前也被父母嘮叨過很多次。因為我對學校成績的要求就只有不能輸給田中姬子，所以成績不好的科目也都和她一樣。」

木崎苦笑地補了句「這都是因為當時年輕氣盛」後，主動開啟話題：

「我之前可能也有說過，在小千周圍的大人中，我的意見應該是最不負責任的意見。在這樣的前提下，我認為小千還是盡可能挑好一點的大學比較好。不論妳將來想選擇什麼樣的生活方式。」

千穗以前也曾找木崎商量過出路的事情。

千穗是在即將離職的時間點，表情嚴肅地找木崎商量事情，這樣就算不是木崎，也會察覺到她正在為出路的事煩惱吧。

「木崎小姐以前是怎麼挑選覺得自己能上的大學呢？」

「我的狀況只能用普通來形容。上補習班，參加模擬考，再用模擬考的成績和大學公開的錄取成績進行對照，挑出自己擅長的科目，確認考試的日期，再用消去法選出自己有機會上的學校。雖然我明確地希望自己將來能從事餐飲業，但當時還不曉得具體來說該怎麼做。現在回想起來，我當時只有想過既然要開店，那還是念經營或商學比較好。」

「原、原來如此。」

這真是令人意外的回答。

即使不用特別調查，千穗也知道木崎選擇出路的方法非常普通，以及世界上有許多人都是採取類似的方法。

「這不是理所當然的事嗎？十年前，我也還只是個高中女生。既不是會深入思考的年紀，也不具備那樣的性格。」

千穗沒來由地以為木崎應該從幼稚園開始，就是這種老成的個性。

進一步而言，雖然這樣講有點失禮，但千穗完全無法想像木崎當高中女生的樣子。

「姑且不論高中時期，我大學時還滿努力的。雖然沒優秀到第一名或第二名的程度，也沒

什麼好炫耀的，但我一次都沒有被當過。也就是所謂的歐啪。啊，好久沒講這個詞了。妳知道什麼是歐啪嗎？」

千穗一搖頭，木崎就以懷念的笑臉說道：

「其實就只是盡量選課，上滿規定的日數，然後每次考試和報告都合格而已。」

「那……那不是很普通嗎……」

「雖然難以想像，但大學有很多人做不到這點。有的人是報告沒合格，有的人是出席日數不夠。如果直到大三都歐啪，求職時會輕鬆許多。因為這樣大四要選的課就會比較少，能用在求職上的時間也會變多。」

雖然千穗以前從惠美和梨香的後輩清水真季那裡聽到的大學資訊也很新鮮，但木崎的話在完全不同的方面，也讓人感到非常新奇。

判斷對話已經醞釀得差不多後，千穗決定進一步切入正題。

「那個，我可以問一個有點奇怪的問題嗎？」

接著木崎像是早有準備般，一反常態地露出惡作劇般的笑容。

「我現在沒有男朋友喔。」

被搶先說出想問的事，讓千穗變得有點臉紅，但還是敵不過自己的好奇心。

「既然是現在……就表示……」

「雖然自己這樣講不太妥當，但我學生時代還滿受歡迎的。」

這也是理所當然。

如果連木崎都不受歡迎，其他人該怎麼辦。

不過從木崎的表情來看，那似乎不是段美好的記憶。

「但不可思議的是，明明我都是被告白的那個人，最後卻總是會被甩掉。因為每次都是一樣的模式，實在是讓人很想笑，真搞不懂他們當初為什麼要這麼熱情地向我示好。」

「咦？這是怎麼回事？」

「雖然交往之前看不出來，但男生們好像都覺得我很恐怖，還有就是不夠可愛。」

如果被沙利葉聽到，他或許會立刻去制裁說這些話的人。

「可能是我本來就不是那種會陷入熱戀的性格，所以給人的感覺格外冷淡。分手的契機，通常都是關於念書或將來的態度。因此雖然交過男朋友，但感覺大學時代一直都是和姬子與由姬一起度過。其實我幾乎想不起來曾經和男朋友一起做過什麼事。」

令人困擾的是，木崎就算這樣也堅持自己和田中姬子不是朋友。

「我一直都只為了自己而活，從來不曾為了別人煩惱自己的將來。所以一定無法提供現在的小千想要的答案。」

既然木崎都已經說得這麼清楚，千穗不得不承認自己已經完全被看穿了。

「唉，身為一個比妳多活了十年的女人，我也只能告訴妳高中時代的戀情，最後通常都不會有結果。」

「唔……」

話雖如此，被人像這樣明確地點出自己的心情，還是沒辦法不臉紅。

「即使妳就是那個稀有的特例，以妳現在所處的環境，在選擇高中畢業後的出路時，還是只為了自己考慮比較好。這樣就結果來說，對阿真也比較有益。」

「啊嗚……嗚嗚嗚。」

木崎終於連真奧的名字都搬出來了。

「妳可能也有聽本人提過，我之前曾邀請阿真未來和我一起創業。」

「是、是的，我有聽他稍微提過。」

「阿真沒有答應，但我覺得他也沒有拒絕。」

千穗知道木崎的分析非常正確。

「坦白講，即使我能在最為理想的情況下開業，一開始付給阿真的薪水，還是會遠遠不及其他同齡者的水準。而且最後也很可能會失敗。如果妳想和這樣的他在一起，但自己又沒做好賺錢的準備，在各方面應該都會感到不安吧。」

能夠自己賺錢的準備。

千穗輕聲說出在日本最普遍的方法：

「當上正式職員嗎？」

千穗在這一年裡，到底已經面對過這個詞幾次了呢。

雖然面對這個詞的不是千穗本人，但千穗的夢想與期望的未來，都和這個詞密不可分。

「而且最好是薪水和員工福利都不錯的公司。如果想進那種公司，最好先以有名或高水準的大學為目標。雖然現在講公司的事情，妳可能也不太能理解，但如果等到了能夠理解的年齡時已經沒辦法挑選想進的公司，那也沒意義了。」

雖然說法不同，但木崎講的話，內容其實和清水真季之前說的話完全相同。

既然兩個沒有任何接點的大人都說了一樣的話，就表示這一定是非常普遍的想法吧。

「現在我才敢說。其實當初看小千的履歷時，我對妳完全不抱任何期待。寫的內容非常平泛，看起來就是個普通的高中生，我本來以為妳應該撐不久。」

「咦？」

「不過面試完後，我就對妳完全改觀了。妳還記得自己當時說了什麼嗎？」

「其、其實不太記得了。」

千穗只記得自己回答得不是很好，感覺應該不會被錄取。

現在回想起來，當時好像有說到社團活動的事，但細節已經完全想不起來了。

「妳說想為了自己想做的事情賺錢。聽到這句話時，我覺得妳是個了不起的孩子。」

「我有說過那種話嗎！」

「嗯。」

「咦咦咦……我，有說過，那種好像很想要錢的話嗎？」

千穗想起自己當時之所以會陷入自我厭惡，其中一個原因就是把錢的事情說得太白了，這讓她頓時露出苦悶的表情。

然而，木崎搖頭回答：

「妳不是說想要錢，而是說想要自己賺錢。妳當時明顯非常緊張，連自己想說的話都無法好好表達清楚，不過妳確實說過想用自己賺的錢，自在地購買社團活動的道具。」

「我、我覺得沒什麼差別耶。」

「完全不一樣。」

木崎如此斷言。

「妳非常清楚如果不工作，就無法獲得想要的錢。」

「這、這不是很普通的事嗎？」

「要是真的很普通就好了。通常並非如此。不然募集打工人員的廣告上，就不必用最大的字體來標示時薪了。高中生的狀況算是無可奈何，但很多人即使成了大學生或大人，還是會誤以為只要被『錄取』，就等於已經獲得了那些不存在的錢。」

這麼說來，在千穗剛開始打工的時候，義彌也曾經替她計算過工作一天能拿多少錢，並表示非常羨慕。

「在平常閒聊時提到想要錢，是很正常的事吧？我也經常會去買彩券，希望能夠不勞而獲。不過如果真的想要錢，還是必須認真工作。姑且不論公司的勞動環境太差或是不當壓低薪水的狀況，在常識的範圍內，人都必須認真工作才能賺到錢。雖然民間經常揶揄麥丹勞的第一線業務，根本就是在壓榨勞工，但麥丹勞畢竟是個有名的大公司。只要撐過最辛苦的部分，就能獲得遠比其他公司優渥的待遇。」

「待遇？」

「所謂的待遇，並不限於工作時間和薪水明細。有薪假的消化率、社會保險、充實的產假與育嬰假制度，以及利用這些制度時，公司內部的理解與寬容。對女性員工來說，合規管理算是非常重要的部分。雖然當然也有例外，但通常公司的規模愈大，這些『有利於工作和規劃人生的環境』就愈完備。這類公司實際支付的薪水也都不差。如果想以現實的方式支持阿真的夢想，我建議妳現在就以進入這種公司為目標，好好用功。不過……」

木崎像是在戲弄千穗般笑道：

「新的環境，往往也是讓學生時代的戀情結束的契機。有些人會因此遇見更棒的對象。」

「才、才不會有這種事！我除了真奧哥以外……以外……啊……！」

千穗徹底中了木崎的圈套，即使現在是晚上，還是看得出來她的臉明顯變紅了。

「我知道小千不是這種類型的人。我反而擔心就算阿真一直墮落下去，妳也會對他不離不棄，害自己陷入泥沼呢。」

「啊……嗚……啊。」

雖然這也不是從今天才開始的事，但不管是全力展現自己的專情，還是被木崎看穿自己對真奧的好感，都讓千穗感到害羞不已。

「希望阿真能夠再振作一點，這也是為了妳的將來啊。」

「我、我和真奧哥，又還沒有在交往……」

「那就更是如此了。看在旁人眼裡，明明還沒交往就陷得這麼深，反而更讓人擔心啊。小千應該多為自己著想，不然以後會變得沒有能力幫助別人。妳還只是個高中生，阿真和周圍的人對妳的要求應該也不多。不過如果妳希望自己五年後或是十年後長大成人時，能夠成為被別人、世界或阿真需要的人，就必須好好思考自己現在該做什麼，並認真地努力。」

木崎先聲明「雖然可能是我想得太美了」，然後接著說道：

「至少如果小千繼續像這樣草率選擇自己的出路，就算之後來我的公司或店面應徵，我也一定不會錄取妳。那樣對妳，或是對阿真都沒有幫助。」

「……唔！」

千穗倒抽了一口氣。

這就是她和梨香討論過後，判斷必須確認的其中一件事。

要不要把加入木崎的公司，列為自己的出路。

「有些事就是因為距離太近，才會看不清或做不到。必須先學會各種支持的方法，才能陪伴在別人的身邊。否則只會害兩個人一起被拖垮。」

不知不覺間，兩人已經走到笹塚站前面。

木崎微笑地將手搭在低著頭的千穗肩膀上。

「放心吧。妳是個即使迷惘依然能夠努力的人。那些努力，一定會在未來對妳有所幫助。還有就算阿真之後沒了工作，我也有能力幫助他，妳現在還不需要太過擔心他。聽懂了嗎？」

「……嗯。」

木崎並沒有看穿千穗。

而是千穗在心裡的某處，懷抱著只要去木崎的店工作就能和真奧在一起的期待，並將這種毫無具體性的天真想法顯露了出來。

木崎非常珍惜千穗和真奧，所以絕對不會允許這種天真。

「放心吧。不可思議的是，每個對自己人生負責的大人，都擁有自己的個性與魅力。只要妳竭盡所能地努力，那個遲鈍的男人，一定也會發現喜歡上自己的女孩是個多麼棒的人，並拚命想把妳留在身邊。」

「那、那種事……」

千穗像是快被各種羞恥的情緒壓垮般，用手遮住發紅的臉。

不管是木崎提起真奧、商量的內容太幼稚，還是舊事被拿出來重提，都讓千穗覺得既難為情又丟臉。

「我有點羨慕妳呢。因為妳在這個年紀，就累積了許多能讓妳煩惱成這樣的美妙經驗。」

「……咦？」

「不，沒什麼，在外面待太晚也不好。既然都走到這裡了，我就順便送妳回家吧。」

「咦，這樣太不好意思了。」

「現在才說這種話也太晚了吧。難得有這個機會，在接下來的路上，妳可以告訴我阿真到底是哪裡好嗎？」

「咦？」

木崎緩緩逼迫從剛才開始就只能一直說「咦」的千穗。

「我知道他不是個壞男人。既努力又上進，外表也長得不差。不過我還是不懂他到底有什麼地方，能讓像妳這樣的女孩對他如此迷戀。」

「木、木、木崎小姐？」

「我一直都沒什麼男人運，也沒打算掌握那種運氣。不過該怎麼說才好，就算是我這種戀愛白痴，在聽到同輩們結婚或生小孩的消息後，還是會想知道究竟大家都是對伴侶的什麼地方感到心動。」

「妳、妳到底在說什麼啊？」

「究竟契機是什麼？這麼說來，我記得小千的研修就是由阿真負責。」

「請放我一馬啊啊啊！」

「啊，等一下！是我不好啦！」

千穗一看見交通號誌變成綠燈就衝了出去，木崎只好苦笑地緊追在後。

在反省自己把年輕人戲弄得太過火的同時，木崎也對那個率直地向前奔跑的內心與身影感到有些羨慕，最後木崎總算抓到千穗，邊安撫邊送她回佐佐木家。

※

「您還好吧？」

「……遊佐小姐。」

岩城似乎在咖啡櫃檯的後面發呆。

「怎麼了？是樓下出了什麼事嗎？還是有客人想買咖啡？」

「不，那個……」

雖然跟在岩城後面上樓，但惠美並沒有什麼具體的計畫。

她只是在意岩城似乎有什麼煩惱而已。

就在惠美不曉得該如何表達時，岩城先退讓了。

「對不起。其實這樣是不行的。」

「店長……」

「一旦被店員發現自己在害怕，就沒資格當店長了。」

岩城露出無力的微笑，放棄般的垂下頭。

「我只是個打工人員，所以不太清楚，但果然是因為壓力嗎？」

「坦白講，普通的店根本就無法和這裡相比。雖然看到數據資料時就知道了，但實際在這間店待過後，該說是一體感嗎？明顯能看出整間店以木崎小姐為中心漂亮地運轉，連客人都是其中的一部分，讓人忍不住心想，難怪這間店有辦法營造出那樣的成績。」

岩城看向空無一人的咖啡廳空間。

「讓人深刻體會到不論自己再怎麼努力，都做不到這種事。」

惠美沒不負責任到能輕鬆說出「沒這回事」。

只要一換人，環境就會跟著改變。

更何況店長是整間店的支柱，即使接替的新店長徹底模仿前任店長的言行，也絕對無法營造出相同的氣氛。

這世界上沒有完全相同的人，所以只要一換人，環境就會無可避免地跟著改變。

「不過最令人驚訝的，果然還是你們這些員工。」

「我們嗎？」

「沒錯。大家都是成熟的人。我不是指年齡，而是能夠溝通的意思。到底要怎麼做，才能聚集到這麼多這樣的人。佐佐木小姐就是最顯著的例子。」

「大家都覺得千穗很厲害。」

和千穗有私交的惠美原本就非常清楚這點，但似乎連和千穗沒什麼交情的大人，都覺得她超出了高中生的範疇。

「光是高中生願意成為主力員工就夠可貴了，居然還比大人有禮貌和能幹，這根本就是奇蹟。我之前待的店真的很糟糕。」

「之前的店是指……」

「我之前是在鬧區的大型分店工作，不僅人員汰換得非常快，客人的種類也亂七八糟。雖然只要從事餐飲業，多少都會有這方面的經驗，但其中也有人因為碰上非常糟糕的客人而變得討厭工作，再也不來上班。」

不如說這方面的話題，在惠美以前工作的docodemo電話客服中心也很常聽說，惠美本人也實際接過幾通非常糟糕的電話。

不過岩城說的似乎不是這種一般的狀況。

「有些人則是因為莫名其妙到讓人想問當初為何要來應徵打工的理由，突然就消失不見。並不是因為犯下大錯，或是遇到討厭的客人這類明確的原因喔。」

「到底是發生了什麼事？」

只認識千穗這個高中生的惠美，出於好奇心如此問道，岩城像是在回憶般的回答：

「例如打電話給到了上班時間還沒出現的員工後，才知道對方從今天開始要去留學，而且人已經在成田機場無法趕來了。」

「咦？」

「明明才剛被錄用不到一個星期。」

「咦，這樣也太莫名其妙了吧。」

「我也搞不懂。最後那個人不僅沒歸還制服，還就這樣失聯了。留學應該不會是臨時決定的事情吧。唉，大概是討厭工作所找的藉口吧。」

就連惠美，也忍不住對這個遠遠超出想像的例子苦笑。

「再來就是因為無法忍受被客人碰到手，而選擇辭職的員工。那位員工表示收錢和找錢，或是將托盤交給客人時，如果被客人碰到會覺得很噁心。」

「咦……」

「果然會有這種反應吧。而且他當初應徵時，還主動表示想當外場人員。雖然不至於要他去和客人握手，但在不經意間和客人有肢體接觸，本來就是家常便飯。我現在還是會好奇如果他平常買東西時碰到店員的手，會發生什麼事。」

「那、那還真是誇張。」

「唉，不限於高中生，就算是成年人，也有很多讓人搞不懂在想什麼的傢伙。例如在上班時間跑去美容院的女大學生，或是因為想在家裡吃而擅自把整條業務用的漢堡麵包帶回家，因為竊盜而被開除的四十多歲男子。」

惠美就連聽其他員工聊起麥丹勞幡之谷站前店以前的事情時，都沒聽過這麼誇張的狀況。

至少從木崎開始擔任店長以後，似乎就再也沒有員工是因為升學、就職、搬家或家庭因素等不得已的理由以外的原因離職。

「我在之前的店擔任副店長，所以也負責面試員工，看自己錄取的人因為莫名其妙的理由消失，真的會很沮喪。然而……」

岩城看向自己的腳邊。

「對這間店的員工來說，認真工作是非常自然的事情，所以也不會背著別人偷懶。這樣的環境簡直就像在作夢。我好怕破壞這個環境。」

她應該是隔著一層地板，在看目前也在認真工作的員工們吧。

「怎麼會……是您想太多了。」

「不，這是木崎店長的魔法。不只是我，不管誰來都做不到。偷偷告訴妳，當木崎店長將被調到ＣＩ（Consumer Insight）部門的消息傳開時，大家都將幡之谷站前店的店長職缺稱作金色的下下籤。」

「金色的下下籤？」

「因為明明是最棒的環境，自己卻絕對無法維持。」

雖然惠美也覺得形容得很巧妙，但要是真的說出口，或許會被岩城解讀為不信賴她。

不過岩城說到這裡後，表情稍微放鬆了一點。

「對不起。妳明明接下來也還得努力熟悉工作環境，卻要聽我這個新任店長抱怨。」

「不……別這麼說。」

「我也有自己的責任在身，會努力打造自己的店……謝謝妳聽我抱怨。這個人情，我會再找機會還妳。」

岩城釋懷般地露出微笑時，正好有客人上樓光顧。

「歡迎光臨！遊佐小姐，這裡我來就好。妳先下樓吧。」

「啊，好的。那麼我先告辭了……」

惠美有些擔心似的回頭，但看見岩城以熟練的動作替客人製作餐點後，她覺得自己能做的應該都做了。

至少一開始感覺到的沉重氣氛，已經煙消雲散了。

惠美下樓後，明子和川田下意識地看向這裡。

惠美輕輕點頭後，兩人稍微鬆了口氣，繼續回去工作。

他們也以他們的方式在擔心岩城。

「一定沒問題的。」

岩城繼承木崎的店時，應該背負了只是打工人員的惠美難以想像的沉重壓力吧。

不過就像岩城說的那樣，這間店的員工都是成熟的人。

只要岩城別惡意背叛他們，他們應該都會尊重並支持她。

然後在這段期間，岩城也會慢慢成為這間店名副其實的店長。

「繼任者啊……」

「怎麼突然說這個？」

惠美如此低喃時，剛才不曉得跑去哪裡的真奧突然從旁向她搭話。

惠美不怎麼驚訝地轉頭看向他。

真奧腋下抱著安全帽和保溫袋。

看來他剛好送完外送回來。

「歡迎回來。沒什麼啦。只是和岩城店長稍微聊了一下。」

「喔。店長在二樓嗎？」

「嗯。剛好有客人上去。」

「這樣啊。那我換個衣服就上去。啊～小千已經回家了吧。」

「嗯，我本來還在擔心今天不能陪她一起回家，但木崎小姐說會送她回去。」

「喔。這樣啊。那我就放心了。」

真奧點點頭，將保溫袋放回架子上。

「……吶。」

「嗯？」

「我只是假設喔。」

「喔。」

「假設我之前把你打倒，你覺得世界會變得怎樣？」

「啊？幹嘛突然問這個？一定要現在回答嗎？這不是三言兩語就能說完的事吧。」

「……說得也是。對不起。」

惠美也反省自己問了個奇怪的問題。

「我只是有點在意。如果你不在了，魔界和魔王軍會變成什麼樣子。」

「不怎麼樣。這很簡單啊。」

真奧仔細確認明子和川田不在附近後，若無其事地回答：

「蘆屋和卡米歐會把所有事情處理好。從以前到現在都是這樣。」

「……現在也一樣？」

「我們都有確實思考過發生最壞的狀況時，該怎麼處理。放心吧。我們不會再給你們人類添過度的麻煩。」

「咦……那是什麼意思……」

「現在還是上班時間，之後有機會再告訴妳吧。對現在的我來說，安特・伊蘇拉和日本都很重要。」

真奧丟下仍無法釋懷的惠美，直接回到二樓。

岩城正在櫃檯後方，拿著訂貨用的平板電腦確認庫存量。

真奧揮了一下手，通知岩城自己已經回來後，輕聲說道：

「所以我也得好好支持岩城店長。以後這裡就是岩城店長的幡之谷站前店了。」

真奧表示會好好支持再過不久，就是他名副其實的新上司的岩城店長。

他正身處在這世界上隨處可見，名叫職員異動的光景中。

真奧確信這件事，一定能將魔界的生命創造未來。

蘆屋正在為此做準備。

到了那個時候，幡之谷站前店可能將面臨人手極度不足的絕望狀況。

「考慮到那邊的狀況，剩下的三個月，差不多該認真思考了。」

為了將手伸向那個未來，他認為差不多該開始做些在看似無事可做的日本日常生活中，也能辦得到的事情了。

「首先，得先支付公寓的修繕費才行。」

※

關於滅神之戰，真奧他們必須知道的事情其實不多。

然而經歷過那場在魔界地下發生的戰鬥後，他們才發現有些無論如何都必須知道的事情，他們到現在都還不知道。

所以真奧和惠美與千穗，一同造訪了志波家。

為了清償修繕二〇一號室的費用，以及進一步了解關於質點和世界的真相。

在幡之谷站前店發展出各種複雜的人際關係後的隔天，真奧鞭策自己顫抖的雙腳，按下志波家的門鈴。

然後——

「好的，我確實收到了。不過聽好囉？雖然自己這麼說也有點奇怪，但我自認是個明理的房東。下次如果又發生了什麼狀況，希望您儘早通知我。」

「……好的，真的是非常抱歉。」

在志波家的客廳，真奧以僵硬的動作，不斷低頭賠罪。

一旁的惠美從志波那裡拿到收據後，側眼看向直冒冷汗的真奧，惠美旁邊的千穗，也擔心地觀望情況的發展。

雖然房東本來就是個不太會將情緒表現在臉上的生物，但志波家是她的地盤，所以真奧現在就像是被抓來這裡的籠中鳥。

他非常擔心這間房子，何時會將自己給吞下去。

為什麼艾契斯、伊洛恩和加百列，有辦法若無其事地在這麼可怕的地方生活？

不如說，惠美和千穗果然也都不怎麼害怕房東，為什麼只有包含自己在內的惡魔會這麼害怕房東，真奧不管自問幾次都得不到答案。

現在只能認為真奧、蘆屋、漆原和卡米歐罹患的房東恐懼症，應該就和懼高症、尖端恐懼症和幽閉恐懼症一樣，是沒什麼道理又無法分析的症狀。

「今天除了這件事以外，你們似乎還有其他事想問我？」

志波依序看向真奧、惠美和千穗問道。

「你們特地請天禰把阿拉斯・拉瑪斯、艾契斯和伊洛恩帶出門，到底是想問什麼事？」

「房東太太。」

真奧擠出最大的勇氣問道：

「宿木到底是什麼？」

到頭來關於天界的事情，真奧他們最必須要知道的就是這個。

真奧他們只大概知道這是指質點之子，和生命之樹紮根的世界的人類融合。

不過身為地球人的千穗，也能使用安特・伊蘇拉的「基礎」碎片；寄宿在惠美身上的碎片，則是能變成武器；甚至還有像伊洛恩那樣，即使不和其他人融合也能獨立行動的例子，這些狀況看起來毫無一貫性。

只有真奧和艾契斯融合，以及惠美和阿拉斯・拉瑪斯融合的狀況，有看似共通的部分，除此之外，都只能用「能產生強大力量的神祕寶石」來形容。

進一步而言，人與質點之子融合的實例，就只有發生在艾契斯和阿拉斯・拉瑪斯身上，真

奧他們甚至不知道其他質點之子是否也能引發相同的現象。

不管機率再怎麼低，如果其他質點之子也能引發這種現象，那真奧他們獲勝的機率將會大減。

換句話說，就是「基礎」和「嚴峻」以外的質點之子，有可能會與天界的戰力融合。

如果相信艾契斯以前告訴真奧的內容，艾契斯無法和天使融合。

不過其他質點是否和她一樣仍是未知數。

實際上，伊洛恩在東大陸時就曾經和天使們一起行動。

雖然艾契斯說他不可能和天使融合，但考慮到伊洛恩後來在新宿地下展現的「失控」狀態，目前實在無法完全排除質點之子們變節，並與天使融合的可能性。

最重要的是，真奧和惠美都無法在違背艾契斯與阿拉斯・拉瑪斯意志的情況下發揮力量。

真奧曾因為艾契斯的力量反覆無常而吃過好幾次虧，阿拉斯・拉瑪斯也曾多次讓惠美的聖劍變鈍。

「質點之子們，將與其融合的人類稱作『宿木』，但宿木原本應該是指與人融合的那一方，換句話說就是寄生的那一方吧。我和艾契斯的狀況，不管怎麼看我都是被寄生，艾契斯則是寄生的那一方。」

說到這裡，真奧發現這樣的關係也能套用在兩人的日常生活上，但他沒有說出來。

「然而艾契斯，卻說我才是質點的宿木。這到底是怎麼回事？質點為什麼要和別人融合？」

「為什麼嗎？您想問的就只有這個嗎？」

「咦？」

「雖然我可以告訴您，但答案應該會和真奧先生需要的情報有微妙的差異喔？」

真奧因為聽不懂志波的話而一臉困惑，但志波沒進一步解釋，輕輕點頭說道：

「宿木系統最終的目的，就跟我以前大致提過的那樣，是為了被選上的人類的繁榮。不過在那之前，還有個更加根本的理由。這並不是什麼複雜的事情。真奧先生，在您眼裡，我看起來像什麼？」

「咦？」

這個突如其來的問題，讓真奧一時語塞。

他知道答案。

雖然知道，但真奧發現在過去那些場合中，他從來沒把房東當成「人類」過。

「人、人類吧？」

真奧有種被迫回答錯誤答案的感覺。

房東似乎將真奧的遲疑，判斷為是因為無法明白這個問題的意圖。

「太好了。我還擔心萬一您說不像人類該怎麼辦。」
真奧完全無法判斷對方是不是在開玩笑。
總之房東嫣然一笑後，轉為看向千穗。
「佐佐木小姐，您在學校有上過生物課嗎？」
「生物課？是的，有上過。」
「據說不限於人類，生物擁有的特徵、性質和行動，大概都是為了三個目的存在。那麼，請問是哪三個目的？」
真奧和惠美忍不住互相對望。
或許是注意到兩人的樣子，志波繼續補充道：
「這應該也適用於惡魔和天使喔？」
說完後，志波繼續看向千穗，千穗稍微思考了一會兒後回答：
「呃，我記得……是為了捕食、防衛和生殖吧。」
「完全正確。」
志波滿意地點頭。
捕食，是指為了維持生命而攝取其他有機物。
防衛，是指對抗來自內外的壓力以保全性命。

生殖，是指將自己的遺傳基因遺留後世。

簡單來講，所有生命都具備保存物種的本能。

「質點與生命之樹都還活著。」

「活著……」

「我們也能以人的身分留下子孫。如您所知，天禰的父親是我的哥哥，而他同時也是『理解』質點，我們的父母，亦即生命之樹也會為了留下自己的子孫，採取各種行動。當質點之子讓人類更加繁榮，在人類的世界紮根後，樹就會啟程離開。尋找下一代人類，前往新的星球……」

「這、這表示生命之樹和質點們，是為了讓自己活下去才選擇人類嗎？」

惠美以嚴厲的語氣問道。

若是如此，那真的就是在選定生命。

「您說得沒錯。」

志波若無其事地點頭回答惠美。

「遊佐小姐，您在生氣嗎？針對我們像神一般選擇人種，讓沒被選上的物種滅亡這件事。」

「……」

「我認為這股憤怒，是人類這個物種的傲慢。而且我們並不是在選定完後，就寄生在最強的物種上生活。不僅曾發生過和別種人融合的案例，沒被選上的人類基因也很少會就此斷絕。到頭來，質點和生命之樹也都只是偉大生命循環中的一部分。」

雖然與自己想像的情況不同，但真奧覺得自己內心的疑問已經被解決了。

以前梨香曾問過「為什麼生命之樹和質點要選擇人種」。

光是個體就擁有強大力量的質點之子們特地和人類融合的理由，單純只是為了打造適合質點之子們居住的世界。

而生命之樹在確認完結果後，又會為了讓新的質點之子們創造適合居住的環境，啟程尋找新的世界。

「不過……這樣果然你們才是宿木吧……」

「這只是想法的差異。許多人類在面臨存亡危機時，多少都會借用到我們的力量。過去的地球也是如此。不過從我們的角度來看，重點在於一個物種生存的主導權，是掌握在哪一方手上。簡單來講，就是主觀的問題。」

雖然感覺只是說法上的差異，不過這樣就能理解了，從質點們的角度來看，他們是提供助力的那一方。

而實際上，惠美和真奧也被質點的力量救了好幾次。

總而言之，到頭來這只是人與質點彼此認知的問題，宿木這個詞，本身並沒有包含什麼深刻的含意。

這麼一來，問題又回到志波一開始的提問。

志波算是已經成熟的質點的成人，究竟還有什麼更加重要的事情必須問她呢？

沉默了幾秒後，開口的人是千穗：

「……宿木的關係……簡單來講，其他人有辦法將像遊佐小姐他們那樣融合的人類與質點之子分開嗎？」

「有喔。」

志波回答得太過乾脆，讓三人大吃一驚。

「是、是每個人都做得到的方法嗎？」

「我之前也說過，有三種方法能解除宿木關係。首先是融合的人類去世，第二是基於質點之子自身的意志解除，最後一個被稱作最終手段。」

雖然在萊拉於真奧等人面前現身後，志波也曾在漆原的病房內說過這些話，但她當時並未說明那個最終手段是什麼。

「儘管被稱作最終手段，但並不表示實行時會伴隨龐大的犧牲，只是正常來講，那樣的狀況很少會成立，通常也不會做出那樣的判斷，所以才被我們稱作最終手段。那個現象本身非常單純。實際上，我也曾經在真奧先生面前做過一次。」

「「「咦？」」」

換句話說，就是志波曾經將真奧與艾契斯分離過。

而且她使用的手法非常單純，光是知道這點，就讓真奧和惠美陷入混亂。

「非常簡單喔。只要讓其他質點之子想著要將他們分開，再碰觸那孩子就行了。」

「啊，艾米莉亞，歡迎回唔哇啊啊啊？」

「喂，媽媽去哪裡了？」

惠美一打破一〇一號室的門，就開始逼問諾爾德。

「嗯、嗯？她三天前回去練馬的公寓，之後就一直沒回來。今天也沒特別聯絡我……」

「沒聯絡你？」

「不、不知道為什麼，就算打電話她也沒接。雖然偶爾會傳簡訊給我……」

「喂、喂，惠美，冷靜點！現在這邊不會有事……」

「這種事誰都不知道吧！就算是志波小姐和天禰小姐，也無法保證能防衛得滴水不漏，反正我也必須聽媽媽說明，我先出發了！」

「啊，喂，惠美！」

「遊佐小姐！」

惠美無視真奧和千穗的呼喚，立刻重新衝出門，飛到天空。

「不用擔心！我今天上班前會回來！」

說完後，惠美就直接飛走，真奧看著惠美留下的飛行痕跡——

「會被別人看見……」

無奈地垂下肩膀。

這樣下去應該不到一分鐘，她就得重新和阿拉斯・拉瑪斯恢復融合狀態吧。

「她這種容易激動的個性，果然是遺傳自母親啊。」

「如果本人聽見應該會生氣吧。」

「你可別告訴她喔。」

真奧苦笑地對不知何時走出房間的諾爾德說道。

「發生了什麼事？」

「問題還滿多的。唉，萊拉那邊只能先交給她處理了，伊洛恩和艾契斯還沒回來嗎？」

「嗯……事情很嚴重嗎？」

「或許會很嚴重。雖然這可能原本就是必須設想到的狀況。」

雖然真奧的語氣聽起來很輕鬆，但他的眼神和一旁的千穗凝重的表情一樣，絲毫沒有笑意。

「我們的『敵人』，可能不只有天使。」

※

惠美以彷彿要將練馬的Royal・Lily・豊玉園三〇六號室的門鈴按鈕直接打進牆壁般的氣勢，連按了好幾下門鈴。

從志波的話推導出來的狀況，或許會徹底顛覆萊拉和加百列的認知，萊拉除了是惠美的母親以外，現在還是滅神之戰的關鍵成員，所以無論如何都不能讓她失蹤。

「她到底……在幹什麼啊……！」

惠美忍不住交互看向自己的手和玄關的門把，但一想到Royal・Lily・豊玉園也是志波的資產，她只好打消破門而入的念頭。

「對了，可以從外面！」

惠美確認沒有人在看後，就毫不猶豫地從公共走廊跳到外部樓梯，從那裡沿著牆壁飄浮到萊拉房間的陽臺。

雖然窗戶被薄薄的窗簾蓋住，但因為是蕾絲窗簾，所以還是隱約能看見室內的樣子。

惠美集中精神確認室內的狀況，然後忍不住倒抽一口氣。

「……唔！」

有人倒在房間裡。

即使等了幾秒鐘，那個人依然一動也不動。

「媽……！」

惠美忍不住差點叫出來，此時她總算發現窗戶沒鎖。

「媽媽？」

惠美打開窗戶衝進室內。

倒在地板上的人，確實是萊拉。

「太好了，還活著。」

惠美確認萊拉還有呼吸。

雖然萊拉身上莫名地沾滿灰塵，頭髮摸起來也油油的，但她一被惠美抱起來，就稍微發出呻吟，看來比起昏倒，更像是單純睡著了。

或許是因為姿勢突然改變，萊拉在惠美懷裡咳了一下，然後微微睜開眼睛。

「……啊，艾米莉亞……到底怎麼了？」

「妳還問我怎麼了！因為妳連爸爸都沒聯絡，所以我才過來看看，按門鈴也沒人回應，從窗戶又看見妳倒下……！」

惠美在差點說出「害我好擔心時」語塞。

儘管她和母親之間的隔閡已經幾乎都消失了，但還是無法坦率地表達自己的感情。

也不曉得有沒有察覺女兒的猶豫，萊拉露出淡淡的微笑，緩緩起身。

「對不起……我這三天有點忙。」

「這、這樣啊，是醫院那邊積了太多工作嗎？」

「這也是原因之一，但主要是為了整理身邊的事情。」

「什麼意思？」

萊拉若有深意似的說道，讓惠美感覺自己的心跳莫名地變快了。

不過在從窗戶射進來的陽光照耀下，兩眼都是黑眼圈的萊拉莫名地露出得意的表情攤開雙手的模樣，與她剛才說的話極不搭調。

「妳看，艾米莉亞，有沒有發現什麼？」

「什麼啦。」

困惑的惠美將視線從臉上帶著無畏笑容的萊拉身上移開，環顧周圍。

不管怎麼看，這裡都是之前也有來過的萊拉的房間。

是個普通的公寓房間，放了一臺電腦的西式套房……

「……！」

此時惠美總算發現一件事。

自己和萊拉正站在地板上。

還有周圍能正常地看見牆壁、家具和門。

「這可能是我十年來最努力的一次噗哇！」

惠美久違地默默打了一下母親的臉。

「妳、妳幹什麼啊！」

「妳……知道我們正面臨什麼樣的狀況嗎……？」

「就是因為知道，我才會拚命整理出用不到的東西啊！妳啊！難道不知道撒旦的房間之前是什麼狀況，還有之後又發生了什麼事嗎！」

「我是全世界最快知道的人！」

萊拉的房間，原本是個魔界。

不對，實際去過魔界後，惠美覺得那根本是連魔界都不足以形容的異空間。

東西多，沒整理，又不丟，總之就是亂成一團。

不過尤斯提納家曾經全家總動員，勉強將這裡恢復成能夠正常生活的空間。

「難不成妳這三天之所以沒和爸爸聯絡，就是為了整理房間？明明之前才大掃除過，到底要怎麼做才能再弄成那樣啊？」

「所以我這次才狠下心，要好好收拾啊！也就是所謂的斷捨離！」

「天使講什麼斷捨離啊！」

「天禰小姐都告訴我了……聽說志波小姐強行修好了撒旦的房間。而且還花了不少錢。」

「是啊！」

才剛代墊完那筆錢的惠美，已經氣到不曉得該對哪件事生氣了。

「她還說志波小姐之後可能也會檢查這裡，所以我就慌了。」

萊拉和真奧不同，並沒有把房間弄壞，不過要是她又把房間弄成以前那個樣子，應該會讓房東留下壞印象。

「……明明安特．伊蘇拉那邊教會騎士團都快打過來了，我們也可能會變得無法和伊古諾拉戰鬥，妳也太悠哉了吧。」

「我、我才不想被你們這麼說！你們連這時候都還在繼續打工吧！這是一樣的道理。既然現在沒有急事要做，就該趁機鞏固自己生活的基盤！」

「別說這種像是魔王會說的話啦！」

原來如此，只要搬出這點，惠美就難以反駁。

「我們剛才得知了有點不妙的情報。沖個澡後，妳可以來笹塚一趟嗎？」

「不妙的情報？發生什麼事了？」

「跟前陣子的太空人一樣，這關係到我們戰略的根本。」

惠美總算恢復嚴肅的表情，將事實告訴萊拉。

「質點之子，或許會成為我們的敵人。」

魔王軍，展開奮鬥

真奧站在Villa．Rosa笹塚二〇一號室的正中央。
伊洛恩站在他的旁邊，天禰、萊拉、惠美和漆原也像是要包圍這裡般，站在房間裡的四個角落，千穗和諾爾德則是打開廚房的窗戶，從公共走廊外面看向屋內。
基納納還是一樣躺在房間角落的鳥籠裡呼呼大睡，羽毛已經稍微恢復光澤的卡米歐，面色緊張地待在籠子上。
「那麼，要開始囉。」
伊洛恩說完後，觸摸真奧的右手。
「艾契斯，出來吧。」
「喔。」
「好隨便！」
因為過程實在太簡單，千穗忍不住從走廊上喊出聲。
艾契斯就像是被人從田裡拔出來的胡蘿蔔或番薯般，與真奧分離。
「身體狀況有什麼變化嗎？」
真奧困惑地回答漆原：

「不，沒什麼感覺。」

「艾契斯呢？」

「我也沒什麼感覺。不過肚子餓了。」

所有人都忽視她最後那句話。

「唔！如果不理我，我就把卡米歐的羽毛拔光烤來吃！」

「可、可惡！住手嗶！」

「喂，艾契斯，小聲一點。會吵醒基納納。」

真奧朝放著雞和蜥蜴、充滿野生氣氛的角落叮囑後，重新環視其他人。

「如各位所見，這下事情變得有點麻煩。」

「你的意思是，那個太空人不是伊古諾拉嗎？」

「畢竟誰都沒看見那個人的臉。不過萊拉覺得那傢伙是伊古諾拉吧。」

「沒錯……該說是氣氛很像，還是舉止很像呢。我們分道揚鑣已經是很久以前的事，所以也無法確定，但聲音也有點像。」

「隔著太空服，還聽得見裡面人的聲音嗎？」

「我、我也不知道。」

原本每個人都深信那個太空人就是伊古諾拉，但現在突然變得沒信心了。

只有萊拉和加百列認識伊古諾拉，也是個嚴重的問題。

漆原本人表示記憶已經變得模糊不清，甚至可能認不出對方的臉和聲音，萊拉的狀況則是和她剛才說的一樣。

「不、不過這算是緊急狀況吧。必須盡快通知蘆屋先生和鈴乃小姐才行。」

千穗說的非常有道理，但惠美表情苦澀地回答：

「可以的話，還是希望能由他們那邊來聯絡我們。畢竟艾謝爾和梨香之前曾在這裡被八巾騎士團襲擊，目前也無法確定有哪些人在監視中央大陸。至少在艾美或貝爾聯絡我們前，還是盡量別往來兩個世界比較好。」

「他們確實有說過一定會被監視，但這件事……」

「我投佐佐木千穗一票。我們想保護的對象可能是敵人，這種情報就算必須冒一些風險，也該儘早傳達會比較好。」

「我承認你說的有道理，但還是不行。如果只有我們有危險也就算了，考慮到聚集在魔王城的八巾騎士，以及西大陸的盧馬克、艾美和貝爾的部下們的事，我們無論如何都必須慎重行事。」

惠美沒有否定漆原的話，但還是搖頭駁回他的意見。

多虧了統一蒼帝和海瑟·盧馬克在背後幫忙，中央大陸的魔王城周邊與真奧他們的安全，才能獲得保障。

畢竟原本甚至還有人提議要在五大陸聯合騎士團的指揮下拆解魔王城，重建伊蘇拉．聖特洛。

真奧他們之所以能夠聚集倖存的流浪惡魔、修理魔王城，並爭取到足夠的時間讓魔王城能以最佳的軌道升空，全都是多虧了統一蒼帝和盧馬克，以及他們底下那些各國騎士團的人員在現場周邊的協助。

如果讓教會知道他們的所在地，一定會發展成國際問題，不只會波及到他們，還可能在人類世界當中掀起紛爭。

這就是惠美所說的風險。

「唉，我個人是覺得製造一點混亂，反而有助於妨礙教會騎士團的行動，但你們應該無法接受吧。明明前陣子還順利地找到了遺產，結果現在勝算一下就降低了。」

「不僅如此，基納納那傢伙也變成這副德性嗶。」

漆原和卡米歐的發言，讓氣氛變得更加沉重。

「不過……實際上又是如何呢？艾契斯，妳對那個太空人有印象嗎？」

「咦？不曉得耶。」

「妳明明那麼生氣地發動攻擊，居然還說不曉得。」

萊拉驚訝地說道，但艾契斯只是聳肩回答：

「我當時不覺得自己認識那傢伙。」

「可是從伊洛恩剛才的示範，以及我和阿拉斯・拉瑪斯輕易就被分離來看，與其說對方是天使，更有可能是質點之子吧。」

「不，這樣我們進攻天界的前提就變得莫名其妙了。如果質點之子們能正常地出差，那我們根本就不需要去救他們。」

「咦？這跟說好的不一樣吧！不是要去救大家嗎！」

「我才想說這跟說好的不一樣。我們是因為聽說妳和阿拉斯・拉瑪斯的同伴被抓，遭到天使們利用，才會想進攻天界救他們出來。然而我們拯救的對象不僅可以自由行動，還成了我們的敵人，這也差太多了吧。」

「可能只是偶然吧！例如不清楚狀況，只是想救我和姊姊之類的！」

「艾契斯，這不可能。那個太空人有認出我是萊拉，而且從一開始就打算與我們為敵。」

「而且如果真的像妳說的那樣，那妳可是把同伴給痛打了一頓喔。」

「啊！」

至今都沒發現這點的艾契斯，因為發現自己的矛盾而板起臉。

「該不會，是因為失控吧。」

惠美看向伊洛恩。

「我之前在副都心線和伊洛恩戰鬥，也是因為這個原因。」

「是這樣嗎？我自己也不太清楚。」

「沒關係啦，伊洛恩。現在案例實在太少，所以能思考的材料愈多愈好。」

真奧安慰仍對自己的失控感到有些愧疚的伊洛恩，繼續說道：

「而且即使是失控，天使們應該也不會置之不理。姑且不論在東大陸事件後脫離他們掌控的伊洛恩，如果他們放任失控的質點之子擅自行動，就表示天界無法控制質點們。」

真奧這句話，讓所有人互相對望，然後想起一件事。

「加百列那傢伙，果然還隱瞞了什麼。」

「不然就是有什麼連加百列也不知道的內幕。」

「之前和他見面時，他堅稱自己不認識那個太空人。雖然沒有人相信他。」

「沙利葉提供的資訊，我已經看完了。和撒旦說的一樣，有不少奇怪的地方。」

「啊，那個信封袋。」

千穗驚訝地看向萊拉拿在手上的信封袋。

「那個是什麼？」

惠美簡潔地回答諾爾德的疑問。

「那是沙利葉所知的關於天界和天使的情報。雖然之前我和貝爾也問過沙利葉本人相同的事。」

惠美補充完後，萊拉看著女兒的側臉，更加困惑地說道：

「看過這些資料後，感覺我和加百列都有嚴重的誤解。當然，沙利葉本人也一樣。」

「唉，前提是萊拉的記憶正確。」

「喂，撒旦！」

萊拉瞪向中途吐槽她的真奧，接著說道：

「沙利葉所知的天界與天使的歷史，和我知道的完全不同。」

「……這是怎麼回事？」

丈夫從窗外提出的疑問，讓妻子表情凝重地回答：

「就是字面上的意思。例如對路西菲爾的認識，或是對天使的第一世代和第二世代的認識，總之各方面都不太一樣。」

「雖然我幾乎不記得以前的事，但還是隱約覺得上面寫的某些資訊有點奇怪。我覺得應該要在有人監視的情況下，召開一次天使會議，我和沙利葉也要參加。為此，最好盡快和安特．伊蘇拉取得聯絡。」

「嗯……」

漆原進一步對面帶難色的惠美說道：

「這是緊急狀況。我認為我們不能等待貝爾他們聯絡，應該先主動聯絡他們。雖然那裡或許正被各方勢力監視，但概念收發這種程度的法術，世界各地都在用吧。那些教會的老頭做奇怪的夢，也不過是一星期前的事。沒問題啦。」

「唉，說得也是……如果只是通話應該沒問題吧？」

「這種大意最後通常都會招致死亡呢。」

「天禰小姐，妳別這樣說啦。」

雖然真奧對天禰不識趣的吐槽提出抗議，但考慮到艾美拉達、盧馬克和鈴乃都已經各自回到自己的故鄉和崗位，草率的行動確實可能會危害到她們的立場。

「至少要是有人能幫忙居中聯絡……」

就在惠美這麼說時——

「啊，抱歉，是我的手機。」

一陣手機鈴聲響起，走廊的千穗連忙拿出手機。

「啊！」

千穗一打開螢幕，就笑著朝室內喊道：

「是艾美拉達小姐！艾美拉達小姐聯絡我們了！」

「喔喔！」

「真的嗎？」

眾人在最佳的時間點，收到了最想要的聯絡。

千穗開心地按下通話鍵。

「喂！艾美拉達小姐，我是千穗，那個…………咦？」

不過她的表情和聲音，逐漸變得黯淡——

「為、為什麼？」

然後慢慢染上驚訝的色彩，導致周圍的氣氛開始騷動了起來。

千穗本人睜大眼睛，嚥了一下口水，然後總算說出一句話。

「為什麼，是用艾美拉達小姐的手機……！」

這句話讓所有人陷入緊張。

打電話來的人，並不是艾美拉達。

不過依然是千穗熟悉的人。

「到底……發生了什麼事？法雷先生。」

從手機裡傳出來的，是理應待在中央大陸的魔王城的法爾法雷洛的聲音。

「法爾法雷洛……該不會……」

真奧驚訝地起身。

「小千，可以換我聽嗎？」

「啊，好、好的。那個，法雷先生，換真奧哥，啊，換魔王大人聽喔。」

驚訝的千穗，和諾爾德一起從走廊進入房間，將手機遞給真奧。

真奧一臉緊張地收下手機。

「法爾法雷洛，你現在在哪裡？北方？東方？還是南方？」

「咦？」

真奧的問題，讓惠美大吃一驚。

「真的假的？北方啊。那表示蘆屋幹得不錯。畢竟那個老太婆感覺比統一蒼帝還難搞。嗯、嗯。」

從真奧的回應來看，雖然他沒想到會收到法爾法雷洛的聯絡，但很清楚法爾法雷洛目前正在做什麼。

「那麼以後就能從北方進行聯絡和移動啦。幹得好。這樣啊，大家都進行得很順利。」

「魔王，你在說什麼……」

真奧隨手打發惠美的疑問。

「啊～因為你對日本有一定程度的了解，所以我本來覺得你比較適任，但你現在是首席頭

目，所以沒辦法找你吧。我這邊的狀況很急，利比科古或西里亞特有空嗎？喔，這樣啊。」

真奧下一個瞬間的發言，不只是惠美，就連漆原和千穗都大吃一驚。

「那就把利比科古派來日本吧。我要讓他在我工作的地方打工。目前正好人手不足。」

「咦？」

「啊？」

「啥啊啊啊啊啊啊啊啊？」

發出最誇張的慘叫聲的，當然就是惠美。

「什麼？大家突然怎麼了？」

只有艾契斯一個人跟不上話題，被冷落在一邊。

※

稍微將時間往前推。

這個地方，已經遠遠超過熱的程度。

「陽光好像針在扎一樣。」

「這裡還是比火炎道好了。那裡真的是人間地獄。」

放眼望去，全都是金黃色的沙子。

抬頭一看，就是萬里無雲的藍天。

兩個身材高大的男子，站在廣大的沙漠上。

「到底是有什麼樣的歷史，才讓人在這種地方建立國家啊。」

「畢竟是綠洲都市。而且人類如果沒水就無法生存。那面牆的後面，是座舒適的城市喔。」

蘆屋順著艾伯特的指示，看向前方那面散發和沙漠同色光澤的城牆。

「希望是如此。」

包含千穗在內的惡魔、人類和天使等六人，是在昨天召開早餐會議。

這裡是將南大陸分隔成南北兩個部分的奧呂帝瑪大沙漠。

蘆屋與艾伯特，正位於大沙漠的正中央。

兩人的視線前方，有面會讓人誤以為是大沙漠盡頭的城牆。

那就是南大陸最強的戰士之國，瓦修拉馬城塞。

「喔～畢竟過了兩年，已經換成亮晶晶的新門了呢。」

城牆上有一道宛如藝術品般的巨大木門。

「我們第一次造訪這裡時，那裡的門被蜥蜴給撞破了。」

「蜥蜴……是棲息在奧呂帝瑪大沙漠的多拉貢尼克斯嗎？」

「喔，你真博學呢。」

「那種事真的有可能發生嗎？那扇門看起來大又堅固，多拉貢尼克斯頂多只有這麼大吧。」

說完後，蘆屋像是抱著一顆略大的球般張開雙手。

「是啊。如果沒親眼見識過，我們也不會相信吧，大自然的威脅真是可怕。唉，拜此之賜，我才能認識那裡的戰士長。走吧，他應該差不多派人來迎接我們了。」

「說得也是。」

兩人開始朝沙漠中的城牆前進。

在防曬用的布底下，蘆屋開始後悔沒帶真奧以前趁特價時購買，在網購網站上評價最差的防曬油過來。

不管日本的紡織產業再怎麼發達，蘆屋帶的衣服都不足以抵抗沙漠的熱氣。

雖然事前也可以拜託艾伯特準備沙漠之民的服裝，但蘆屋單純是太小看炎熱的沙漠了。

「喂，你臉色不太好喔，還好吧？」

「唔……嗯，還撐得過去。」

蘆屋和艾伯特並不是靠步行橫跨沙漠。

而是先用「門」抵達瓦修拉馬城塞南方兩公里的地點。

雖然這是為了遵守不能用開門術入侵他國領土的國際常識，但蘆屋本來以為在沙漠中走兩公里根本就不算什麼。

然而蘆屋一走出「門」，馬上就察覺沙漠的熱源並非只有太陽。

白色的沙地不僅會吸收太陽的熱，還會反射陽光，從多重角度讓身體變熱。

蘆屋腳上穿的也是平常在魔王城或日本愛用的薄底運動鞋，所以腳底燙到彷彿赤腳走在火上。

再加上他還流不出汗。

因為地表溫度太高，所以汗在流出來前就先蒸發了。

明明只有短短兩公里的路程，感覺卻非常遙遠。

「喔，來了。」

接著艾伯特發現前面揚起了一陣沙塵，一名士兵背著像是長槍的東西，騎著駱駝過來。

「艾伯特・安迪大人，讓您久等了！」

有著沙漠民族精悍五官的青年跳下駱駝，跑向艾伯特，從頭巾底下咧嘴一笑。

「歡迎您來！拉吉德戰士長也在引頸期待您的到來！」

「感謝你出來迎接。不好意思，安排得這麼突然。」

「您別這麼說。艾伯特大人和勇者艾米莉亞大人一樣，都是瓦修拉馬城塞的救世主。我們那天就對天發誓，瓦修拉馬城塞隨時歡迎各位來訪……您還記得我嗎？」

「嗯？」

出來迎接的士兵，有些害羞地將背上的細長武器拿給艾伯特看。

那個看起來像長槍的東西，居然是竹子做的掃把。

「啊！我記得那時候也是你出來迎接我們……！」

「是的。當時替各位帶路的我，後來獲得了名譽戰士的稱號。這次由我擔任兩位的護衛兼嚮導。我叫加爾尼．維德。」

騎兵報上名號後，輕輕低頭行了一禮。

艾伯特初次造訪瓦修拉馬城塞時，這個國家正值危急存亡之秋。

蘆屋剛才提到的那種叫多拉貢尼克斯的蜥蜴，一到繁殖期就會集體在沙漠中展開大遷移。其數量有時甚至會多達數十萬隻，巨大蜥蜴群移動時，簡直就像是古代傳說中的龍。

瓦修拉馬曾因為遭到前所未見的大蜥蜴群襲擊，而導致城牆和城門被破壞。

若在大遷移的回程再被蹂躪一次，城牆徹底被破壞的瓦修拉馬城塞將會就此毀滅，當時碰

巧來到這裡的艾伯特等人，呼籲全國上下一起捕捉仍留在瓦修拉馬城內與周邊的蜥蜴，在牠們回程的路上舉辦烤肉大會。

對同族的危機十分敏感的多拉貢尼克斯，判斷城塞是個危險的場所，瓦修拉馬城塞就這樣避開蜥蜴回程的襲擊，迴避了滅國的危機。

之後加爾尼帶艾伯特等人穿過北方的火炎道，並短暫地與他們一起對抗當時侵略南大陸的馬勒布朗契軍。

「這樣啊。哎呀，原來你出人頭地啦！」

艾伯特開心地與加爾尼重溫過去，但在這種感覺能直接靠氣溫做出荷包蛋的地方，實在沒有再溫任何東西的必要。

「……不好意思，你們可以晚點再聊嗎？」

蘆屋以沙啞的聲音向艾伯特問道。

「喔，抱歉。這個人不太習慣沙漠，快點……喂？」

「……嗯。」

不過蘆屋的視野開始急遽變得模糊——

「喂，你怎麼了，該不會……」

蘆屋沒聽完艾伯特的話，就失去了意識。

等清醒時，最初映入眼簾的是黑檀木床的頂篷。

蘆屋鞭策嘎嘎作響的關節起身，察覺自己似乎在室內。

舒適的風從敞開的窗戶吹了進來，晃動著從頂篷垂下來的蕾絲帷幕。

蘆屋一在蕾絲對面看見像水壺的物品，就突然感到口渴，他跳下床抱住水壺。

「咕嚕……咕嚕。」

即使裡面裝的是稱不上冰涼的溫水，依然大大滋潤了蘆屋乾渴的喉嚨。

一口氣喝了半壺水後，蘆屋總算有餘裕觀察周圍的狀況。

窗外是街景。

而自己所在的寬廣空間，有鋪了磁磚的地板和精雕細琢的石造天花板。

這裡的床、水壺和各種家具，一看就知道都是高級品。

「……這裡是？」

「喔，你醒啦。」

蘆屋轉頭看向聲音的源頭，發現艾伯特和一個身材比他大上一輪的大漢一同現身。

「嗯……我該不會中暑暈倒了吧？」

「哈哈哈！沒想到堂堂惡魔大元帥，居然會被沙漠熱暈！如果當初來南方的是你，或許我們戰鬥起來會更輕鬆一點！」

和艾伯特相比，大漢不僅高了一顆頭，手臂也粗了一圈。雖然同樣是褐色皮膚，但他的皮膚顏色比艾伯特更深一點，並留著茂密的鬍鬚。

「歡迎你，惡魔的化身。我是統率這個國家的拉吉德・拉茲・萊昂。」

大漢就是戰士之國瓦修拉馬的首長，拉吉德戰士長。

即使已經年過五十，他的身體仍像是三十歲的人般充滿霸氣。

蘆屋點頭回禮，踩著還有些不穩的腳步起身。

「我是惡魔大元帥艾謝爾。拉吉德戰士長，不好意思讓你見笑了。」

「沒什麼好在意的。為了能夠隨時取你的性命，一群南大陸最強、實力不輸艾伯特的男人們，正在這個房間外面待命。然而即使是南大陸最強的戰士，他們依然怕你怕得要死。所以丟臉的不是只有你一個人。」

只能以豪放磊落來形容的大漢說完後，一步步走向艾謝爾。

「不管怎麼看都是人類呢。」

「我現在是人類。我刻意不吸收魔力，不以惡魔的樣子現身。要是現在被貴國的強悍戰士攻擊，應該撐不了多久吧。」

「喔？聽艾伯特說，你似乎想跟我談一件非常特別的事情。身為曾讓全世界陷入恐懼的其中一名大將，你這次究竟是為何而來？」

「是關於『人』的未來，以及這個國家的未來。」

蘆屋筆直看向拉吉德如黑曜石般漆黑的雙眼。

拉吉德毫不掩飾自己正在仔細思考蘆屋那句話的樣子，然後揚起嘴角說道：

「原來惡魔也會談論未來啊。」

「因為惡魔也活著。」

過去幾乎沒有人類想像過這件事。

不管惡魔再怎麼強，再怎麼可怕，他們一樣活著，並且會思考未來的事。

「艾伯特，你能在這個國家待多久。」

「我會待到你判斷艾謝爾不會造成威脅為止，但其實我現在就想回去了。」

「呵呵呵，這樣啊。那麼請你待到明天早上吧。我也有些事想問你。畢竟這周圍只有沙子、天空和風。即使談論有點刺激的事，也會在傳到其他人耳裡之前，消散在沙漠中。」

拉吉德說完後，用他巨大的拳頭輕輕敲了一下蘆屋的肩膀。

「你的臉色還很差。我晚點會派人送有消暑效果的水果過來。有事晚上再說吧。」

「……感謝你的體貼。」

「等你身體恢復後，我允許你在艾伯特的陪同下，自由在國內走動。雖然是個狹小的國家，但魔王軍的大元帥，應該能理解這裡是南大陸的要衝吧。」

在那之後過了約兩小時，身體狀況總算恢復的蘆屋，在艾伯特和加爾尼的帶領下，來到瓦修拉馬的街上。

瓦修拉馬是個連細部都經過縝密規劃的計劃都市。

戰士長居住的碉堡，就在綠洲的泉水旁邊，由於綠洲的源泉是地下水，因此以能汲取地下水的水井為中心，許多用曬乾的泥磚打造的民宅像長屋般蓋在一起。

城市的北側有一大片讓人難以想像這裡是沙漠都市的田地，那裡種了許多後來送到蘆屋房間，像西瓜的瓜科植物。

「那種瓜，是單純的糧食嗎？」

加爾尼搖頭回應蘆屋的疑問。

「雖然裡面的果肉是貴重的水分，但只要把皮燒成灰再摻入少量的水，就能拿來當界面活性劑使用。」

「原來如此，可以用來清洗東西啊。」

「只是和西方與東方的人說的那種叫『肥皂』的東西不太一樣。瓦修拉馬是湧泉量非常豐沛的綠洲，但每個人能取得的水還是有限。所以與其說是清洗乾淨，不如說是把髒的部分刮掉。」

除了燒成灰以外，另一種作法是直接把皮曬乾，只要讓乾燥的果皮吸點水，搭配之前的灰燼搓洗衣物，就能利用不會滲進布料裡的灰吸附衣服上的皮脂，再連灰一起拍掉。

「那要怎麼取得鹽？」

「鹽在我國算是貴重品。如果過度依賴南方的哈倫諸王家商業圈，就無法維持戰士之國的中立性，所以我們會派經過挑選的戰士通過火炎道，前往大陸北方的港灣都市採購。因此是由國家專賣。」

「肉的部分，我聽說你們會吃多拉貢尼克斯。」

「那個還滿好吃的喔。」

艾伯特補充道，加爾尼也點頭贊同。

「那是我國的傳統糧食。因為不易保存，所以基本上只會在牠們的繁殖期進行必要的狩獵。」

「原來如此。那個又是什麼？」

蘆屋指向東側的城牆。

許多人身上綁著固定在上方的安全繩，貼在城牆上。

「啊，您說那個嗎？」

加爾尼有些猶豫地看向艾伯特。

「放心吧。現在的他們，和我們所知的惡魔是完全不同的存在。」

艾伯特察覺加爾尼的不安後，如此說道。

「……我知道了。其實之後要進行擴張城牆的工程，他們是在做事前檢查。」

「是要擴張，而不是修繕嗎？」

「說修繕也沒錯啦。」

加爾尼神情複雜地說道。

「瓦修拉馬是個國土有限的國家，所以有生育限制，但最近幾年出生率持續下降。因此在與魔王軍的戰鬥結束後，我們開始擴大城牆，拓展國土，打算增加能夠容納的人口。」

「……」

儘管對瓦修拉馬有在統計人口這點感到驚訝，蘆屋仍不動聲色地點頭。

「唉，不過這才剛開始，目前正在調查因為之前的多拉貢尼克斯衝突事件而變脆弱的地方，之後要再將那些地方打掉重建，所以是個會耗時五年以上的計畫。」

「五年啊。」

資源與人口都不多的國家要完成那種大工程，應該確實需要那麼長的時間。

「即使只是暫時的，城牆之後還是會出現破綻吧?雖然這樣問好像不太好，但不會有人趁機攻打你們嗎？」

艾伯特的問題讓加爾尼露出苦笑，但他仍若無其事地回答：

「至少在拉吉德戰士長還活著的時候都不可能吧。在這個奧呂帝瑪大沙漠，沒有人能贏得過瓦修拉馬。」

這不是自信，也不是自負。

對加爾尼來說，這是理所當然的現象。

「我們很強。瓦修拉馬是奧呂帝瑪大沙漠最大，同時也是唯一的補給地點，是連繫南大陸南北的橋梁。將這裡化為戰場，等於是和整個南大陸為敵。」

「……既然如此，那應該就不需要城牆了吧？」

蘆屋忍不住如此低喃。

按照加爾尼的說法，城牆除了當看得見的國境線以外，似乎沒有其他功能。

當然可能得像之前那樣防範多拉貢尼克斯的來襲，但多虧了艾伯特他們，這部分如今已經確立了有效的對策。

明明沒有會來犯的敵人，卻還要維持這麼大規模的城牆，這樣難道不會對國庫造成沉重的

壓力嗎？

接著加爾尼有些驚訝地看向蘆屋，但在想起眼前這個看似人類的男子，其實是名叫惡魔的不同種族後，他點頭回答：

「毫無根據地認為這個世界明天也會一樣和平的人，只是單純的傻瓜。」

加爾尼如此斷言。

「戰士之所以要鍛鍊自己，是因為知道明天或許會發生戰爭。商人之所以要存錢，是因為知道明天或許會有需要。就是因為有那些毫不懈怠地在替明天做準備的人，才有今天的和平。這一天一天的累積，會支持著十年、五十年、或甚至一百年後的瓦修拉馬，以及在這裡生活的人們。只要瓦修拉馬屹立不搖，南大陸也不會動搖。如果只因為現在沒發生什麼事就懈怠，只會讓國家相對地提早滅亡。拉吉德戰士長能在最前線作戰的日子，頂多只剩十年吧。畢竟人最多只能活到一百歲。」

「……嗯，你說的沒錯。」

和人類相比，惡魔的世代交替極度緩慢。

眼前這個熱情地談論國家未來的戰士，只活了不到蘆屋十分之一的歲月。

即使如此，他眼裡依然有著遠比蘆屋鮮明的明天與未來。

「真是個好國家。」

加爾尼對蘆屋的反應感到非常滿意，開始帶他去下一個地方。

「覺得我們瓦修拉馬怎麼樣啊？」

「是個強大的國家。並非單指戰鬥力的部分，該說是在嚴苛的氣候與地理環境下孕育出的國民性格嗎？話雖如此，國民也不會排斥弱小或少數群體，這點也很棒。」

到了晚上。

蘆屋參加拉吉德戰士長舉辦的晚餐會，接受非正式的招待。

「我在市郊發現大法神教會的聖堂，那是從什麼時候開始存在的？」

「那是兩百年前造訪這裡的巡禮僧蓋的。那位巡禮僧被哈倫宗家國認定是在傳播『邪教』而遭到驅逐出境，在沙漠裡迷路時被當時的瓦修拉馬人民所救。他因為感激這份恩情，而在這裡定居，直到化為風與沙的一部分。現在瓦修拉馬的人民，應該有約一成的人是信仰大法神教會。」

「喔，這麼多啊。」

「我也是第一次聽說。難道都不會起爭執嗎？整個南大陸應該都是流行太陽神信仰吧。」

「記錄上是沒發生過大規模的糾紛。我不曉得哈倫諸王國那邊是怎樣，但至少瓦修拉馬沒有人會排斥異教徒的教義。因為現在負責那座聖堂的祭司很漂亮，所以就連我都會每個月去一次呢。」

雖然拉吉德開玩笑地說了些庸俗的話，但只要身為一國之長的拉吉德這麼做，就等於大法神教會事實上已經獲得國家的公認。

當然拉吉德本人，也是因為算計到這點才這麼做。

「不只是大法神教會喔？在管理農地的人當中，有許多人是信奉北大陸的山岳信仰，當然也有人是信仰太陽神。儘管信徒不多，但其實這座城塞裡也有東方精靈神的神社。要是你們早一點來，就能看見精靈神的聖誕祭了。聖誕祭那天很華麗喔。城牆裡會掛上五顏六色的燈籠，還有很多人會在晚上出來擺攤。」

拉吉德開心地說道。

「對了，雖然規模不像聖誕祭那麼大，但下星期有個還算熱鬧的夏日收穫祭。北方出身的人，會招待大家喝用羊奶釀的美酒喔。」

蘆屋試著想像那幅景象。簡直就像是在一個星期內同時享受聖誕節、除夕和新年的日本人一樣。

「從瓦修拉馬成立的背景來看，這個國家就像是南大陸的黑暗面。既然出生在這個狹小的國土與立場中，至少要擁有寬廣的心胸吧。雖然還是有個限度。」

不曉得瓦修拉馬成立背景的蘆屋和艾伯特，都好奇地探出身子。

「例如今天幫你們帶路的加爾尼，他的祖先似乎是哈倫．塔架國的人。我則是哈倫．凱貝爾國。除了來自其他大陸的移民以外，大部分的國民祖先都是諸王國的貴族或其旁系出身。」

「哈倫的貴族？」

「哈倫是個採長子繼承制、歷史悠久的國家。分家國則是在某一代的宗家國長子遭人暗殺時，趁亂成立的國家，但總之瓦修拉馬的祖先，都是在祖國爭奪當家之位失敗的人。是透過弱者互相依偎誕生的國家。儘管寬容不代表一切，但持續拒絕只會造成紛爭。」

「結果這裡成了大陸第一的戰士國家，真是諷刺呢。」

「『絕對要給祖國的那些傢伙好看，給我做好覺悟吧』，寫滿初代戰士長怨言的日記，現在可是被當成國寶呢。」

「這樣好嗎？」

這個像小孩子寫的日記內容，讓蘆屋忍不住笑了出來。

「那麼，也差不多該進入正題了吧？」

拉吉德端正坐姿，看向蘆屋。

「因為不能怠慢人類救世主介紹來的客人，所以我才讓人類的仇敵參觀我國。相對地，希望也能聽見有益的話題。」

「說得也是。」
蘆屋也放下裝著戰士長祕藏的瓦修拉馬祕酒的酒杯，點頭說道。
「我想讓你的國家變得更強。」
「喔？」
「不過即使是像各位這麼寬容的人，或許也無法接受我的提案。」
「嗯。」
蘆屋接下來說出即使不是拉吉德，也不得不仔細傾聽的一句話。
「不過，艾夫薩汗的統一蒼帝傅俊彥，以及山羊圍欄之長迪恩・德姆・烏魯斯都已經接受這個提案，並開始進行具體的檢討。」
「……！」
拉吉德驚訝地看向艾伯特。
「我不知道統一蒼帝那裡是如何，但迪恩・德姆那個老太婆，確實還滿認真看待這件事。」
「嗯……」
先搬出「大人物」的名字再提出異常的提案，絕對稱不上是個好的交涉手段，但蘆屋剛才提到的名字，都是這個世界上無人能出其右的大人物，所以連拉吉德也忍不住感到驚訝。

「唉，好吧。那麼惡魔的大將，你將我這個沙漠小國的戰士長，和統一蒼帝與圍欄之長並列，究竟是有什麼要事。」

「……」

蘆屋停頓了好一會兒後，才說出那句話。

「你腦袋還正常嗎？」

「人類有辦法判斷惡魔的腦袋是否正常嗎？」

聽完蘆屋那不算長的說明後，即使周圍沒什麼東西，拉吉德依然狼狽地左右張望。

名聲響徹整個南大陸的戰士之國首長上次這麼狼狽，已經不曉得是什麼時候的事了。

「艾伯特，這傢伙，這傢伙真的……」

「這些傢伙無論何時，都認真到讓人想笑的程度。」

艾伯特這句話，一定是針對包含蘆屋他們的日本生活在內的一切，所做的諷刺吧。

「既然如此，你應該也明白這不是能夠馬上回答的問題吧？」

「當然。」

蘆屋也點頭贊同。

「畢竟這裡不是像統一蒼帝那樣強大的政權，也不具備像菲恩施那樣一開始就適合接受這種提案的風土民情。因為國家的規模也不同，所以我們並不打算勉強你們。不過統一蒼帝和迪恩·德姆·烏魯斯，是真的都對這件事感興趣。不如說大概也只有深受大法神教會影響的西大陸，會拒絕這個提案吧。這件事某種程度上來說，是先搶先贏喔。」

「雖說是先搶先贏，但這也不是全世界都會樂於接受的事吧。」

拉吉德苦笑道，然後一口氣喝乾酒杯裡的酒。

「真是的。自從你們這些魔王軍出現後，這世界就不斷發生奇妙的事。」

「這世界從以前開始就是如此，只是『我們』不知道而已。」

「勇者和魔王居然為了一個小女孩聯手，打算一起討伐神明，這種事要是常常發生還得了……稍微等我一下。」

拉吉德慵懶地起身，踩著讓人懷疑他是不是喝醉了的不穩腳步離席。

蘆屋和艾伯特面面相覷，但拉吉德不到五分鐘就回來了。

他大大嘆了口氣，將一個金色的小東西遞給蘆屋。

乍看之下，那似乎是個用黃金打造的羅盤。

不過看來連指針都是用黃金打造，蘆屋以眼神徵得拉吉德的同意後舉起羅盤，但指針只是隨便晃動，並沒有指向特定的方位。

艾伯特似乎也不曉得那是什麼，但拉吉德的侍從們透露出緊張的氣氛。

「拿去吧。就當作是訂金。這裡面封印了以古老祕術研發出的我國祕法。是只有哈倫諸王家的國王才有的東西。」

「哈倫諸王家的國王……喂，這該不會，就是埃茲拉姆哈王說的……」

「我之前也借出了一個新的給埃茲拉姆哈王。如你所知，這是瓦修拉馬與哈倫諸王家之間的信物，同時也是出事時用來和瓦修拉馬戰士長通訊的法具。我之後會教你使用方法。」

據說在發生緊急狀況時，哈倫諸王家能透過某種祕法聯絡瓦修拉馬，向他們請求支援。瓦修拉馬在收到消息後，也會聯絡其他哈倫國家，判斷最初的聯絡是否符合正義。

總而言之，擁有這個黃金羅盤的國家，實際上就等於已經和瓦修拉馬締結同盟。

「我已經充分理解你們的提案。事關我國的未來，我也想在捨棄成見的情況下，繼續和你們洽談，但這畢竟是個敏感的問題，我不認為能夠輕易做出結論。所以希望你們能夠理解，給你們這個終究只是基於我個人的意思。」

「……非常感謝。」

蘆屋深深行禮。

實際上，這樣就能看做拉吉德也答應了這個提案。

以這個國家的國民和拉吉德的器量，即使多少得花一點時間，依然能期待會有好的結果。

「對了，雖然作為代價也有點奇怪，但你能答應我一個請求嗎？」

「請說。」

「我想見識一下你真正的樣子。」

「喂……」

「戰士長，這實在是……」

理所當然地，不僅是拉吉德的侍從們，就連艾伯特都面露難色，但拉吉德制止了他們。

「這個男人與其說是明理，不如說實在太像人類了。雖然我並不懷疑艾伯特，但如果你能在這裡展現你的真面目，在場的所有人，應該也能認同『你是個明理的惡魔』吧。」

蘆屋露出吃驚的表情，但也覺得拉吉德說的有道理。

「好吧。請稍微後退一點。艾伯特，為了以防萬一，請你展開聖法氣的結界。」

「真、真的要這麼做嗎？」

「拉吉德戰士長從一開始就對我敞開胸襟。既然如此，我也應該要揭開自己的底牌。」

蘆屋說完後，便起身與其他人類拉開距離。

拉吉德以充滿好奇心的視線，侍從們以充滿恐懼的視線，凝視蘆屋的一舉一動。

「不用那麼警戒。並不是什麼大不了的事情。」

蘆屋一面出言安撫，一面開始脫下上半身那件跟拉吉德借來的瓦修拉馬服裝。

因為拉吉德等人的視線充滿困惑，蘆屋回答：

「要是破掉就不好了吧。」

只有艾伯特被這句話給逗笑了。

然後——

「……唔！」

瞬間竄起了一道漆黑的火柱。

「喔喔……！」

拉吉德發出驚嘆。

下一個瞬間，之前中暑昏倒的細瘦人類男子已經消失無蹤，取而代之的是，出現了一個擁有兩條分岔並帶有鉤爪的尾巴，全身被甲殼包覆，比拉吉德還要高大的大漢。

從大漢全身散發出來的那股令人類厭惡的能量，確實是魔力沒錯。

「原來如此。」

「喂、喂。」

「放心吧。我好歹是戰士長。這點程度的魔力，只能算是微風。」

艾伯特試圖勸阻拉吉德直接走向蘆屋，但拉吉德反過來制止他，站到蘆屋，不對，惡魔大元帥艾謝爾的面前。

在令人窒息的緊張感中，艾謝爾靜靜地等待。

「不管在北方或東方，這股魔力都是個問題呢。」

「對像你這樣擁有一定實力的人類來說，並不會造成什麼危害。」

「你說的沒錯，而且我國是戰士之國。」

拉吉德開心地笑道。

「好吧。我會負責推動這件事。」

然後拉吉德將手放在過去的人類仇敵那宛如鐵板般的肩膀上。

「等你們的滅神之戰結束後，將魔界之民納為我國的子民。」

※

幾乎就在蘆屋造訪瓦修拉馬的同一天。

鈴乃搭乘的馬車，在西大陸最西端的大法神教會大本營，聖·因古諾雷德的大參道上前進。

鈴乃上次回來這裡，已經是很久以前的事了。

從馬車的窗戶往外看，就會發現聖·因古諾雷德充滿了忙碌的氣氛。

大法神教會聖堂的內側，原本就不像世人所想像的那麼靜謐。

大神殿就座落於西大陸西端的靈峰因古諾雷德的山腳下，周圍則是信徒居住的神殿街，現在那裡完全被閒言閒語，以及因某種高揚的情緒而產生的異常狀態支配。

大神官羅貝迪歐去世是件令人悲傷的消息，但上天也同時降下了神諭。

就像勇者艾米莉亞過去背負著教會騎士團之名，在與魔王軍的戰鬥中打倒了路西菲爾時一樣，城鎮裡隱約瀰漫著浮躁的氣氛。

「不管走到哪裡，人都不會變啊。」

聖．因古諾雷德的居民，並非經過特別挑選的高尚信徒。

不過身為住在聖地旁邊的大法神教會信徒，那裡的市民還是有他們自己的矜持，因此虔誠的信徒自然也不少。

然而隨著六大神官發表了教會騎士團將展開大動員的消息，現在市民們不僅變得異常興奮，臉上還充滿了像是覺得自己所屬的集團，終於要向全世界展現正義的自豪或傲慢。

那副模樣，和其他依靠國家、國王或民族的人們根本沒什麼兩樣。

到處都有平民、商人、旅人或傭兵立起鼓勵大眾參加教會騎士團義勇隊的告示牌，宣揚神諭的正當性，那些徵求勇者打倒隱藏在中央大陸的未知惡魔、內容振奮人心又華麗的文章，吸引了許多人群圍觀。

「報名的人好像絡繹不絕。捐獻的金額也幾乎是平常的兩倍……」

鈴乃在訂教審議會的部下亨利．瓦索，也坐在同一輛馬車上，知曉滅神之戰詳情的他，在注意到鈴乃的視線後如此說明。

「那是指整個大陸的狀況嗎？」

「似乎是如此。」

「真是不得了的復興事業。」

因為教會騎士團發起了名叫「聖征」的大規模動員，讓西大陸處於急遽的變動中。人、物與金錢開始大量移動，連帶也對經濟帶來極大的刺激。

這場奇蹟的聖征可以說是史無前例，不論參加或支援都能獲得名譽。而支持那些追求名譽的人，也能獲得好處。

內心完全被大法神教會支配的西大陸諸國，完全陷入狂熱的狀態。

鈴乃冷眼看著這一切，並分析這樣的狀況對我方來說絕對不算壞事。

「現在狀況如何?訂教審議會累積了多少案件？」

「案件的數量，已經多到為了這次事業而特別設立的訂教會議的所有成員，都已經等貝爾主教回來等到哭出來的程度。」

鈴乃聽完亨利的說明後笑道：

「……原來如此。」

簡單來講，就是必須等鈴乃這個最高負責人下決定後，才能開始進行的案件已經堆積如山。

馬車持續在城鎮裡的主要幹道上前進，鈴乃從車內仰望愈來愈近的大神殿威容，露出微笑。

「我這嬌小的身軀，究竟能拖延這個怪物到什麼程度呢？真是令人期待。」

「訂教審議會首席審議官克莉絲提亞．貝爾，在此歸來。」

鈴乃抵達大聖堂後，徹底忽視也對一般信徒開放的羅貝迪歐弔問會場，直接前往這次聖征實質上的最高負責人，賽凡提斯．雷伯力茲的辦公室。

「長途跋涉，真是辛苦妳了，貝爾主教。看來妳似乎已經非常適應聖．埃雷的環境。」

「不敢當。法術監理院的餐點實在太多甜食，害我的體重稍微增加了。」

雖然拖到最後一刻才回大本營這件事，引來賽凡提斯的譏諷，但這早就在鈴乃的預料之內，因此她也直接正面還擊。

「奧爾巴大人過得還好嗎？」

「誰知道呢。我和艾美拉達院長都無權干涉聖．埃雷的司法，所以關於奧爾巴大人的事，我也只知道一些街談巷語。」

「這樣啊。唉，算了。」

賽凡提斯點點頭，沒從辦公桌起身就直接指向鈴乃背後的門。

「請妳馬上開始工作吧。必須盡快讓整個教會騎士團展開行動。」

「遵命。我一定會全力以赴……不過在那之前，我可以先請問一件事嗎？」

「晚點再說吧，我這邊也很忙。」

「不會花費您太長的時間。賽凡提斯大人，我當聖職者已經很長一段時間了，所以有件事我實在無法不去在意。」

「嗯？」

「出現在各位大神官夢裡的，真的是神嗎？」

「……」

賽凡提斯有些意外地看向鈴乃。

他像是在思考這個問題背後是否隱藏了什麼意圖，但立刻搖頭回答：

「我覺得……應該不是神。」

這次換鈴乃對這個回答感到意外。

堪稱是自信與野心化身的賽凡提斯，居然也會對這麼重要的事情含糊其詞。

「那麼，是天使嗎？」

「有這個可能。但那道身影，和聖典與傳承的內容並不相符。」

「恕我失禮，既然如此，那為何會被判斷是聖夢呢？」

察覺自己明顯被人懷疑的賽凡提斯，瞬間露出不悅的表情，但他立刻重新考慮。

雖然賽凡提斯在教會內的地位遠高於鈴乃，但如果草率應付訂教審議會，聖征事業的正當性或許會遭到懷疑。

尤其訂教審議會當初就是在羅貝迪歐與賽凡提斯的主導下，所成立的組織。

這次的聖征是以羅貝迪歐的死為契機，所以擔任總指揮的賽凡提斯，沒辦法忽視鈴乃與訂教審議會。

「至少那絕對不是這世界的存在。最重要的是巴帝古利斯大人、賽札爾大人和摩洛大人也作了相同的夢，而且每個人都看見了相同的身影。這樣妳滿意了吧。」

巴帝古利斯．齊力可、賽札爾．夸蘭塔、摩洛．瓦利。

他們都和賽凡提斯一樣，是當代的六大神官。

「畢竟是要動員全世界的教會騎士團的事業，所以即使失禮，我還是必須確認一下。由聖典中沒有記載的存在所下達的神諭，難保不會是惡魔的陰謀吧？」

「貝爾主教，妳的意思是我們這些大神官，全都是會被惡魔唆使的無能之輩嗎？」

「您言重了。不過即使只是形式，如果無法弄清楚帶來聖夢者的身分，恐怕連這次聖征的旗印都無法決定。」

「……」

賽凡提斯陷入沉默，但看起來並未感到不悅，不如說他本來就不是會將情緒顯露在臉上的人。

他應該早就預料到訂教審議會遲早會針對這點提出異議，所以才一反常態地想用強硬的語氣逼退鈴乃。

教會騎士團的大動員──「聖征」，需要天使或是其他聖典內有記載的象徵。

如果是天使就用天使，如果是聖具就用將聖具符號化後的圖案，高舉印有這類圖案的旗幟，就能成為向聖典與神發誓這次的行動具備正當性的證明。

所以其實在過去的歷史中，甚至還有過用那個沙利葉當旗印的聖征。

「既然所有大神官在聖夢中都看見了相同的使者，那麼能請各位描述得更加具體一點嗎？只要各位願意配合，我一定會翻遍聖典與文獻，做出適當的安排。」

因為許多物品都必須加上經過設計的圖案，如果無法決定旗印，將會影響那些物品的製作進度，而且這也是說服他國的重要要素之一，拖延太久絕對不是件好事。

在這種大事業的過程中，想讓四位大神官撥出共同的空檔可說是極為困難。

賽凡提斯一想到這些事，就瞬間表現出不悅的沉默，但他立刻按捺這些情緒，大方地回答：

「……好吧。這的確是個重要的問題。我會盡快召開大神官會議，之後會再派人通知妳。妳先把堆積的工作處理完，這樣可以吧？」

「非常感謝。那麼，等弔唁完與羅貝迪歐大人有關的人們後，我就會立刻開始工作。」

「……」

賽凡提斯明明叫鈴乃趕快去工作，鈴乃卻像是要忤逆他般，說接下來要去弔唁羅貝迪歐。

擁有主教地位的鈴乃——克莉絲提亞．貝爾是訂教審議會的首席審問官。

她進行的弔唁，不可能只是去設在聖堂內的弔唁會場獻個花或簽個名就能了事。

如果不好好訪問羅貝迪歐．伊古諾．瓦倫蒂亞的家屬、親戚，以及和他有深厚關係的地點，會違反教會內的秩序和禮儀。

即使將拜訪地點限定在聖．因古諾雷德內，光是去各個地方打招呼，就至少要花上四天的時間。

然而，賽凡提斯無法阻止鈴乃。

畢竟這次的動員行動，原本就是發端於羅貝迪歐的逝世。

羅貝迪歐廣受全世界的尊崇，如果賽凡提斯叫鈴乃不要去弔唁他的消息外流，將會危害到賽凡提斯的立場。

「這起突然的意外，讓所有人都陷入了混亂。為了避免給大家帶來困擾，希望妳盡量簡便行事。」

「遵命。打擾您了。那麼，我先告辭了。」

「嗯，拜託妳了。」

即使知道鈴乃不支持這次的聖征，賽凡提斯仍面不改色地如此命令鈴乃，證明他確實膽識過人。

「一開始做到這樣就夠了。之後得乖乖工作一段時間吧。」

如果做得太過火，反而可能會被盯上，確認一開始的牽制奏效後，鈴乃急忙趕去訂教審議會的會議室。

「啊！貝爾主教！」

「克莉絲提亞大人！我們已經久候多時了！」

「太、太好了！得救了！再也不用被人怒吼了！」

訂教審議會的成員們一發現鈴乃回來了，都接連鬆了口氣。

「各位，不好意思這麼久沒回來。既然都回來了，我也會全力以赴。為了正確的信仰，希

望各位務必支持我。」

「好的！」

「了解！」

「那、那個，請您盡快將那些文件……！」

鈴乃掃了一眼在各方面都已經撐不下去的部下們，微笑地說道：

「其實我真的才剛回來，甚至都還沒有好好弔問羅貝迪歐大人。不好意思，請讓我再離開一段時間。亨利，剩下就拜託你了。」

「我知道了。請您路上小心。」

「咦……咦咦咦？」

「主教？騙人的吧？」

「亨、亨利大人！那個，今天也從各處收到了大量的審議申請……！」

聽見背後傳來部下們的慘叫，鈴乃在心裡向他們道歉，然後真的為了弔問和羅貝迪歐有關的人，先回自己已經離開許久的辦公室一趟。

「唉……真想回Villa・Rosa笹塚。」

在鈴乃離開的期間，也會有人來打掃的訂教審議會首席審問官辦公室，對她來說已經是個讓人非常靜不下心的地方。

即使如此，包含亨利在內的那些忠誠又真摯的部下們，還是一直代替她守護著這裡。

鈴乃打開衣櫃，換上筆挺到像是新衣服的喪事專用法衣。

雖然日本的喪服整套都是黑色，但大法神教會的喪事用色是白色。

衣櫃上的鏡子，映照出穿著純白法衣、戴著典禮用四角帽的鈴乃。

長到會在地面拖行的衣襬，寬鬆地下垂的袖子，以及尖挺的四角帽。

簡直就像是日本婚禮用的白色棉帽和禮服。

「呵呵，或許這樣的打扮，正好適合我這個背著神明當上惡魔大元帥的叛教者。」

鈴乃開心地微笑道，然後立刻像是在瞪著鏡中的自己般板起臉。

剛才那段與賽凡提斯的對話，真的只能算是牽制。

這場戰鬥才剛開始。

「那麼，出發吧。」

※

「在這種地方偷懶～～真的沒關係嗎～～？」

「沒關係，我累了。」

「幾分鐘前～～妳的近衛兵才特地過來問過喔～～？問我將軍有沒有跑來這裡玩～～」

「我不是來玩的。」

這裡是神聖・聖・埃雷帝國皇都伊雷涅姆。

在法術監理院的屋頂上，海瑟・盧馬克不曉得從哪裡找來了摺疊式躺椅和矮桌，還一面將便宜葡萄酒倒進銅杯裡，一面看書。

這幅景象用摸魚來形容還不夠貼切，根本是竭盡全力在偷懶。

身為法術監理院院長的艾美拉達・愛德華，某種程度上似乎早就預料到盧馬克會這樣回答——

「既然不是來這裡玩～～那就沒辦法了～～話說要一起吃餅乾嗎～～」

「那我就不客氣了。」

她也搬了張折疊板凳，坐在盧馬克的旁邊。

「要是這附近有海就好了～～」

「現在去海邊做日光浴還太早了吧。這樣的陽光剛剛好。」

伊雷涅姆的緯度比魔王城所在的中央大陸伊蘇拉・聖特洛還高，所以這時期的氣候偏乾燥，但柔和的陽光，正好適合做日光浴。

「說到海～～拉姆瓦瑟的事情是妳做的嗎～～？」

「我不曉得妳在說什麼呢。」

「果然是妳啊～～雖然我也覺得妳做得很好～～但手法實在太過俐落～～所以我刻意留下了一些破綻～～」

艾美拉達和盧馬克都面不改色地從印有日本知名點心製造商的標誌、散發奶油香味的罐子裡拿出餅乾來吃。

「正面與他們為敵並非良策～～所以我幫忙安排了一條能運送大量教會物資的海運路線～～」

「根據我的計算，我之前的行動實質上應該能讓教會的物資整整一週無法運送。只要讓人發現是我搞的鬼，害我失去現在的權勢，我以後就能度過輕鬆的人生了，真是多管閒事。」

「妳又說這種話～～」

拉姆瓦瑟隸屬於西大陸東端的齊琳茲共和國，是西大陸最大的港灣都市。

儘管在魔王軍入侵時遭到嚴重損害，但那裡是商人的城鎮，即使曾被路西菲爾鎮壓，復興的步調依然很快，最後也比其他內陸城市早一步完成戰後復興。

不過重點就在於復興得比內陸都市快這點，像是在顯示與路西菲爾軍的戰鬥有多激烈般，其實拉姆瓦瑟以西的幾座港灣都市的復興，到現在都還沒什麼進展。

許多都市至今都還沒恢復以往的機能，目前與其他大陸的海運都集中在拉姆瓦瑟。

結果教會騎士團又在這時候發起聖征。

不論是在人或物品方面，拉姆瓦瑟的物流處理能力早就已經瀕臨爆發邊緣，現在更是完全超出了處理的限度。

而盧馬克又趁機動了點手腳。

拉姆瓦瑟並不隸屬聖．埃雷，而是齊琳茲共和國的領土，所以盧馬克也不能直接干涉，但從拉姆瓦瑟通往內陸的陸運就是另一回事了，盧馬克集結聖．埃雷的陸運業者，緊急建設一個大型物資集散所，而且還完全是由聖．埃雷出資。

雖然拉姆瓦瑟也很在意聖．埃雷的意圖，但大國擅自幫忙減輕業務壓力，還乾脆地繳了集散所的稅，自然是求之不得的事情。

建設集散所也同樣需要人力與物資，這讓物流又變得更加窒礙難行。

由於能夠處理物流的場所增加，許多人力與物資都朝那裡聚集，創造的商機也讓金錢開始流向那裡……這樣的正向循環，讓人愈來愈沒空處理教會的遠征事務。

不過盧馬克動的手腳還不只如此。

她甚至還祭出了只要持有拉姆瓦瑟發行的通行證，在通過聖．埃雷國境時，就能減免人與物的各種通行稅的措施。

雖然教會騎士團聖征的必要物資，並非全都聚集在聖．因古諾雷德，但作為西大陸最大的國家，聖．埃雷原本就是物流的要衝。

如果能以低稅率通過那裡，在西大陸上移動的人與物，自然都會湧入聖．埃雷。

儘管名義上是要讓運往教會的物資更加集中和降低運輸成本，但實際上西大陸的交通網還沒發達到能應付這股突然暴增的物流。

不像日本那樣鋪了一層柏油的街道，只要稍微下點雨就會變得泥濘，害貨車卡住。

然而交通量卻一口氣增加，使得街道根本就來不及整頓。

就結果而言，儘管西大陸的物流不斷加溫，但人們根本就無力處理，造成空前的大塞車。

因為只是運輸方面產生延宕，而不是缺乏物資，所以聖．埃雷國內充滿各種貨物，物價也跟著下跌，讓人民能夠取得豐沛的物資。

反倒是周邊國家的物價有逐漸上漲的趨勢，不過在市面上流通的物資量還很充足，所以國家也沒因此陷入慌亂。

流入拉姆瓦瑟和聖．埃雷這兩個大型物流據點的物資已經過多，要將這些物資運輸出去也同樣不是件易事。

在這樣的情況下，盧馬克還悠閒地在這裡做日光浴。

「只要我繼續做下去，物資的流通遲早會變得更有效率。就算我因此下臺，繼任者應該也會是前丕平派的某個方面軍的將軍。那些傢伙的辦事能力只有我的一半，所以實質上還是會繼

續妨礙教會，同時也能保住國家的面子。」

「讓前不平派的人當新將軍還是算了吧～我可是會因此被臭死～」

艾美拉達笑著啐道。

「而且我說的破綻可不是普通的破綻～因為是從北方繞到東方的海運路線～所以物資不是被送往韋斯・夸塔斯～而是諾斯・夸塔斯喔～」

「……！」

盧馬克的表情首次出現動搖。

「這樣做不會有問題嗎？」

「應該沒問題吧～？不如說若是普通的通商路線～這可是破格的待遇～就算後來出了問題～我也不用負責吧～」

「唉，這麼說也對啦。」

「作為西方的大法神教會信徒～我已經盡全力協助了～」

「妳這隻小狸貓。」

「妳說誰是小狸貓啊！」

生氣的重點是這個嗎？

艾美拉達鼓起臉頰說道：

「中央大陸西方的出入口韋斯．夸塔斯～～本來就真的還在復興當中～～！如果現在想將教會騎士團的勢力安全地運輸到中央大陸～～到頭來還是只能從北方或南方繞進去吧～～！」

「我知道。就是因為知道才說妳是隻小狸貓。」

「討厭啦～～！」

作為與東西南北大陸的物流出入口，中央大陸有四座大型港灣都市。東邊的伊亞．夸塔斯、西邊的韋斯．夸塔斯、南邊的沙薩．夸塔斯，以及北邊的諾斯．夸塔斯。

這四座都市是央都伊蘇拉．聖特洛的手腳，在發生緊急狀況時也能各自獨立行政，發揮本身的機能。

不過魔王軍當然也對這些都市造成了龐大的損害。

尤其是西邊的韋斯．夸塔斯與南邊的沙薩．夸塔斯，像是在訴說負責侵略那裡的惡魔大元帥有多殘暴般，損壞的狀況依然非常嚴重，復興的工作也尚未有所進展。

另一方面，北邊的諾斯．夸塔斯則是損害最少的都市……不如說那裡的都市幾乎都還保留著原型。

除了負責侵略那裡的亞多拉瑪雷克不喜歡無益的破壞以外，他率領的蒼角族不擅長飛行也是主因之一。

身材高大並且不擅長騎飛龍進行長距離飛行的蒼角族，在從中央大陸進攻北大陸時除了利用「門」以外，還必須活用人類使用的船隻。

據說另一個原因，是因為擅長冰與水魔法的他們，想先透過海戰給予北大陸人民迎頭痛擊，重挫他們的鬥志。

結果魔王軍撤退後，所有流入中央大陸的物資，有將近九成都是透過北邊或東邊輸入。

當然，北邊的諾斯．夸塔斯並不是只和北大陸交易，其中也包含了從南方透過海路直接前往北方的路線。

不過終究還是北大陸諸國，對諾斯．夸塔斯擁有最強大的影響力。

不單純只是政治上的發言權，最大的通商路線也是由北大陸諸國掌控。

簡單來講，雖然也不是不能從西大陸前往諾斯．夸塔斯，但直行的航線非常狹窄，考慮到教會騎士團這次行動的規模，大部分的教會騎士都必須先在北大陸登陸一次才行。

如果只是要運送復興物資，倒還不會這麼困難。

以復興中央大陸這種和平的目的為主張的五大陸聯合騎士團也一樣。

不過教會騎士團在西大陸以外的地區並沒有什麼影響力，所以如果他們想將這條航線用在武力侵略上……

「我平常實在是太忙了。所以就算拜託我，我應該也沒空幫忙和北大陸的圍欄之長進行軍務上的協調。」

「像我這種程度的職階～～北方的大人物們應該連見都不願意見我吧～～」

盧馬克和艾美拉達在沒有其他人在的屋頂上，厚臉皮地如此說道。

「想確保進軍路線～～應該會費一番工夫吧～～」

「就是啊。不過這一定也是神給予的試煉。」

「沒錯～～妳說的實在太有道理了～～」

艾美拉達抬頭仰望東北方的天空。

「這麼一來～～應該會稍微變得比較容易和日本的艾米莉亞聯絡吧～～」

※

「你說人類們都非常恐慌不安？」

「是的。果然海瑟・盧馬克離開現場這件事，為他們帶來了很大的影響。」

「……雖然預測過會發生這種狀況，但沒想到這麼快。明明還不到一個星期。」

馬勒布朗契的現任首席頭目法爾法雷洛的報告，讓蘆屋陷入煩惱。

蘆屋和艾伯特一從瓦修拉馬回來，就收到近衛將軍歸國後，西大陸出身的人們便開始感到

動搖的報告。

滅神之戰的人類主力，主要還是和蘆屋關係密切的東大陸八巾騎士團。

雖說是主力，但人數其實和其他勢力差不多。

問題單純只是蘆屋能否信任現場的負責人而已，至今在盧馬克等人的協調下，西大陸出身的人和蘆屋他們之間的關係還算良好。

不過這次教會騎士團召集大軍的消息，讓和西大陸有關的領導人物都被迫回國，為西大陸出身的人帶來極大的動搖。

聖·埃雷近衛騎士團、法術監理院，以及大法神教會訂教審議會。

雖然西方出身的人全都隸屬於這些組織的其中之一，但盧馬克、艾美拉達和鈴乃離開後，現場的指揮就改由各組織的第二號人物負責。

然而所謂的第二號人物終究只是在這裡時的狀況，並非所有人都具備戰鬥或指揮部隊的經驗。

他們在面對八巾騎士團或惡魔時，似乎都表現得十分畏縮。

「艾伯特……」

蘆屋向艾伯特求助。

「話先說在前頭，他們也都知道我在這裡喔。」

艾伯特在瓦修拉馬面對拉吉德戰士長時，曾展現出與對方相當或更勝一籌的霸氣，但他現在的表情卻顯得非常軟弱。

「身為勇者夥伴的威嚴，也敵不過現實的政治力啊。」

「我和西方的那些人合不來啊。尤其是監理院（艾美那裡）的那群人。」

艾美拉達和盧馬克也曾經說過艾伯特不擅長應付西大陸組織的成員，但兩人還在時，艾伯特依然能充當西方與東方之間的橋梁，所以蘆屋並未嚴肅看待這項事實。

不過仔細想想，艾伯特是北方出身的多民族國家的將帥，而西大陸的各國幾乎都是由單一民族或多數派民族支配的國家。

在那些歷史背景完全不同的國家，艾伯特直率的性格，也能被解釋成魯莽和馬虎，或是被當成破壞各種規則的異端分子。

這樣的問題，在這次以最壞的形式浮上檯面了。

即使能幫忙與東方談判，在發生緊急狀況時還是不會完全站在西方這邊，這就是他們對艾伯特的印象。

「讓人很想對他們說要是沒幹勁，就自己回故鄉吧。」

「但不能真的這麼做。現在還不能徹底與西方的人類決裂。」

即使打從心底同意法爾法雷洛的說法，蘆屋還是只能苦笑地駁回他的意見。

「他們之所以會動搖，並不單純是因為盧馬克等人離開。他們同時也擔心自己的所作所為是否具備正當性。」

真要說起來，願意與惡魔聯手討伐神明的人，在這個世界算是少數派。

更何況西大陸的人，幾乎都是虔誠的大法神教會信徒。

在得知真相前，就連沙利葉和加百列都是受到他們信仰的偉大存在，正常來講，根本就不可能和惡魔一起討伐相當天使根源的神明。

「不過加百列不是也在嗎？只要有天使在，西方的人類應該就能滿足了吧？」

艾伯特想起西大陸信仰的天使也在這裡後，試著提出這樣的意見，但蘆屋並不認同。

「他們信仰的是聖典與信仰中的天使，而不是長著翅膀又具備強大力量的現實存在。」

巧合的是，鈴乃之前在東大陸也對奧爾巴說過相同的話，艾伯特與法爾法雷洛前陣子和她一起吃早餐時，也聽過類似的說法。

「對他們來說，神確實存在，但無法認同出現在眼前的強大存在就是神。只要閱讀他們的聖典或神話，就會發現神的形象非常淺顯易懂，但關於神引發的奇蹟，總是記載得既曖昧又迂迴，而且幾乎都沒有留下確實的證據。他們衷心認為神不屬於這個世界，是另一個世界的存在。正因為他們十分虔誠，所以『現實』的天使和神對他們來說根本就不算什麼。偏偏這時候大神官們一起作了『聖夢』。這邊反而和他們信仰的神與天使更加接近。」

蘆屋一口氣說完這些話後，嘆了口氣。

「看來這件事不容易解決。要是貝爾、艾美拉達和盧馬克這三人中的任何一人還留在這裡，就有辦法壓制他們，但他們根本就不受我們這些惡魔控制。」

「叫艾米莉亞來也不行嗎？」

「不行。在釐清之前發生在魔界的那場戰鬥的詳情前，不能把艾米莉亞找來安特・伊蘇拉。如果出現在那座地下設施內的敵人真的能夠將艾米莉亞的聖劍無效化，難保那傢伙不會進攻這裡。如果事情變成那樣，這次艾米莉亞可能真的會失去戰鬥能力，阿拉斯・拉瑪斯也會被敵人搶走。而且你難道忘了之前發生在蒼天蓋的事了嗎？」

蘆屋的說明，讓法爾法雷洛和艾伯特啞口無言。

「那個太空人的力量，對所有聖法氣使用者都有效。如果把能夠引出那個太空人的艾米莉亞找來這裡，在教會騎士團抵達這裡前，人類軍就會先潰散，這場戰爭也到此結束了。」

「這下束手無策了。」

「看來只能全力安撫他們，盡可能設法敷衍過去了。」

「例如發給他們千穗閣下製作的巧克力……不對，這樣應該沒什麼用吧。」

法爾法雷洛原本或許只是在開玩笑。

「原來如此，這主意還不錯。」

但蘆屋四郎並未將那當成玩笑話看待。

「好吧！就由我來做巧克力，當成獎勵發給他們！」

蘆屋久違地準備發揮家庭主夫的實力，並不曉得從哪裡掏出已經成為他註冊商標的深綠色圍裙，艾伯特連忙制止他。

「等等，冷靜一點！雖然那種點心確實很受人類的歡迎，但那是因為製作者是那個叫千穗的小姑娘。萬一被他們發現其實是你做的，反而會傳出你偷偷在裡面下毒等毫無根據的流言吧！」

「毒？你說下毒？我怎麼可能對食物做出這種事！你這是在侮辱掌管魔王城廚房的我嗎！」

「艾謝爾大人？」

「我蘆屋四郎，可是日夜都在努力做出能滿足食用者身心的料理！這樣的我怎麼可能會在巧克力裡下毒！」

「這不是你的技術或氣概的問題！從製作者是惡魔開始，就已經造成問題了！」

要是惠美、鈴乃或漆原在，應該會做出更尖銳的吐槽吧，但這已經是艾伯特的極限了。

「可惡的人類……難道你們覺得我做的巧克力不能吃嗎！」

「為什麼要表現得這麼不甘心啊？」

「而且佐佐木小姐正處於剛升上高三和工作地點的店長換人的重要時期。在這種必須限制人員往來的時期帶她來這種混亂的地方，實在太對不起她了。」

「既然千穗閣下不方便，那還有另一個日本人的女性吧。」

「嗯？」

「就是勇者艾米莉亞的朋友……很多人類都看過盧馬克鄭重接待她的樣子。而且她看起來比千穗閣下年長，難道不能拜託她嗎？」

蘆屋察覺法爾法雷洛說的是鈴木梨香後，更加用力地搖頭。

「不、不行，這怎麼行呢，不可以找她。」

「為什麼？千穗閣下曾說過只要有道具，任何人都可以讓巧克力成型。就算製作起來有困難，也可以直接購買那邊的點心。」

「不，我不是這個意思，那個，拜託她做這種事……讓人覺得有點尷尬。」

「啊？」

「這是什麼意思？」

「……是日本的人類之間的問題。」

「「？」」

艾伯特和法爾法雷洛，這對人類與惡魔意外地產生了共識。

蘆屋很少會像這樣含糊其詞。

但從蘆屋的角度來看，這也是無可奈何的事。

畢竟蘆屋不僅拒絕了梨香以異性身分做出的告白，就連白色情人節的回禮都是交給真奧處理，自己什麼也沒做。

這樣他哪兒來的臉，去拜託她準備巧克力安撫這邊的人類呢。

「總、總之鈴木小姐也是普通的人類，不能帶她來這種危險的地方！只能想其他的辦法了！」

「就算你這麼說，即使由我來做巧克力，也不會有人高興吧。」

「把話題從巧克力上面移開啦！」

「明明是你先起的頭！」

「不過重點是現在他們無法獲得外面世界的情報，所以無論採取什麼樣的對策，最終都還是無法消除他們的不安。畢竟現在就連我們都無法隨便和盧馬克、艾美拉達和克莉絲提亞·貝爾閣下通訊。那些傢伙應該很擔心自己在故鄉是不是已經被當成異端的存在排斥了吧。就只有這點實在是無可奈何……」

現在有兩個必須解決的問題。

一個是讓他們理解自己在這裡並非少數派，讓他們安心。

另一個是保證他們行動的正當性。

尤其是盧馬克不在這裡造成的影響相當大。

畢竟對西方出身的人們來說，神聖．聖．埃雷帝國的近衛將軍海瑟．盧馬克的名號，甚至遠比普通的王侯貴族還要有影響力。

不如說盧馬克在這個時間點離開，反而更加強化了她所作所為的正當性可能並未受到國家保障的印象，甚至讓他們懷疑自己是參加了盧馬克策劃的陰謀。

這並非單純提升待遇或給予獎賞就能解決的問題。

即使人留在這裡，他們的內心依然變得愈來愈疏遠，這樣的破綻遲早會讓事情變得無可挽回，侵蝕蘆屋等人的計畫。

「總之只能先走一步算一步了。艾伯特，目前這件事只能先交給你處理。請你好好善用身為勇者夥伴的威嚴，設法統率他們吧。」

「感謝你這個毫無具體性的指示。雖然我會努力看看，但真的撐不了多久喔。在最壞的情況下，或許趕緊讓魔王城起飛，先逃到魔界去會比較好喔？」

「……如果辦得到，我早就這麼做了。」

蘆屋低喃道。

教會騎士團將動員全軍，進攻中央大陸。

在確定這個危機無法迴避時，鈴乃就已經向蘆屋提過這個建議。

「不論魔界或天界，終究都只是安特・伊蘇拉的衛星。雖然是在天上，但並不是只要直直地飛過去就能抵達。」

雖然真奧將滅神之戰的期限訂在七月，但這並不是為了配合阿拉斯・拉瑪斯的暫定生日。根據計算，如果想透過最理想的軌道從伊蘇拉・聖特洛前往天界，也就是前往藍之月，就要在相當日本七月的時期出發。

如果想逃去魔界所在的月亮，最適合的日子將會是約一個月後，但只要飛到魔界，就再也無法從魔界飛往天界了。

藍月與紅月以幾乎相同的速度繞著安特・伊蘇拉周圍公轉，而且是天界那邊在前面。

要從魔界的地表起飛並追上天界，現實上實在是不太可能，然而一旦逃回魔界，下次就必須再從安特・伊蘇拉的地表配合天界的行進方向，迎面登陸天界才行。

不過光是要進行複雜的計算就已經夠花時間了，還沒人能夠保證下一個適當的時機會立刻到來。

因此蘆屋等人希望能盡可能停留在這個已經確定了最佳路線的場所，直接出發前往天界。

艾伯特看見蘆屋充滿苦惱的表情後，嘆了一口氣。

「我知道了啦。唉，真沒辦法。反正我已經習慣被討厭了。乾脆直接找個鬆懈的傢伙來開刀吧。喂，法爾法雷洛，總之先把惡魔們和人類隔離開來……嗯？」

此時有人衝進了魔王城的寶座大廳。

「艾謝爾大人！法雷！」

「嗯？是西里亞特啊。」

「發生什麼事了嗎？」

來人是馬勒布朗契的頭目西里亞特。

「有人類跑來這裡了！而且還不是西方或東方的人！」

「什麼？」

「你說什麼？」

原本情況就已經夠讓人動搖，現在還收到這樣的報告，讓蘆屋、艾伯特和法爾法雷洛都緊張了起來。

「這是怎麼回事，難道有大軍穿過『門』過來了嗎？」

「不，那、那個……雖然是透過『門』過來沒錯，但只有兩個人類。」

「什麼？是哪個騎士團的人嗎？還是教會的刺客……」

儘管所有人都因為這個出乎意料的狀況陷入慌張，但西里亞特徹底推翻了蘆屋的預測。

「那個，利比科古好像認識對方，他們正在底下說話。」

「利比科古？說話？」

「對方吵著要我們派魔王大人、艾米莉亞，或是能夠溝通的人出去。」

「只聽這些話，實在是搞不清楚狀況。總之先出去看看吧。」

如果只有兩個人類，那麼就算演變成戰鬥也還有辦法對應。

即使聽了西里亞特的說明，蘆屋還是猜不出對方的身分，做好在最壞的情況下可能必須變身成惡魔型態的心理準備後，蘆屋和艾伯特與法爾法雷洛一起跳出窗戶，降落到地面上。

然後，他馬上就明白發生了什麼事。

從空中能看見地面那裡圍了一群人，利比科古龐大的身軀就位於人群的中心。

但奇妙的是，聚集在那裡的人類全都低下了頭。

「到底是怎麼回事……」

利比科古抬頭仰望困惑的艾謝爾，露出明顯鬆了口氣的表情。

「怎麼了。我聽說有人類利用『門』來到這裡。」

惡魔大元帥充滿威嚴的語氣，讓不習慣蘆屋的惡魔型態的人類們顯得有些害怕。

然而下一個瞬間，某人以尖銳的聲音向他們吼道：

「不過是個惡魔，幹嘛嚇得好像躺在床上的孩子一樣！你們是群落荒而逃的武士嗎！這樣也敢自稱是那個海瑟．盧馬克挑選出來的精兵嗎？真是難看！」

艾謝爾對這個聲音有印象。

在想起聲音主人的長相時，艾謝爾與當然也認出對方的艾伯特，都睜大眼睛一臉錯愕。

「你們總算來啦。明明是你們先來向我搭訕，結果我親自造訪後，卻把我晾在外面這麼久，真是好大的膽子啊。」

彷彿推開高大的利比科古般現身的，是身穿北大陸服裝、身高連艾謝爾的一半都不到、只帶著一名隨從的老婦人。

不過老婦人散發的魄力與威嚴，顯示出她背負著足以用氣勢壓倒惡魔大元帥的「歷史」。

「喔、喔喔……」

「為、為什麼妳會出現在這裡……」

「艾謝爾大人，艾伯特，這個人到底是……」

抬頭瞪向艾謝爾、艾伯特與法爾法雷洛三人的老婦人，頭上戴著鑲有紫色寶石的單眼眼鏡。

「西邊的花椰菜矮子，認真地跑來找我哭訴呢。」

「花椰菜，矮子？」

艾謝爾困惑地問道，但這位老婦人的個性，還沒有溫柔到這樣就會理會他。

「她擔心這些被挑選出來的騎士大人們，會因為幾個女孩子不在就怕惡魔怕到尿床。所以我只好無奈地把這想成是在疼愛孫子，勉強自己這把老骨頭來到這裡。你們可要好好感謝我啊。」

老婦人一口氣對啞口無言的艾謝爾等人說完這些話後，再次轉頭以高昂的聲音向跪在地上的西大陸戰士們喊話：

「不論之後發生什麼事，你們參加的這場戰鬥的正當性，以及未來生活的伙食費，都將獲得我這個圍欄之長迪恩．德姆．烏魯斯的保證！明白的話，就給我把尿布重新包緊！解散！」

圍欄之長的能力與權勢不只是北大陸，在全世界也赫赫有名，她正面喝斥並壓倒惡魔之長艾謝爾的景象，一下子就恢復了留在這裡的西大陸人們的士氣。

「那麼……」

確認人類們恢復霸氣後，迪恩．德姆．烏魯斯再度抬頭瞪向艾伯特。

「花椰菜矮子拜託我的還不只這件事。除了艾謝爾以外，這裡對日本最熟的是誰？這裡這麼多大個子，該不會沒一個派得上用場吧？」

「果、果然是艾伯特吧？」

氣勢上被壓制的艾謝爾一這麼說，艾伯特就猛搖頭。

「不，雖然我聽說過很多那裡的事情，但實際上也只去過一次，而且那次還待不久，對那裡不怎麼熟悉……不然加百列怎麼樣？」

「加百列是這裡防衛的關鍵。就算只離開一會兒也會讓人非常困擾。迪恩・德姆・烏魯斯，為什麼我不行？」

「那還用說。既然魔王現在不在，你就是這裡的老大。老大不能隨便離開吧。我希望有個人能跟我一起回菲恩施。如果是從菲恩施，不管是想進行概念收發還是開『門』，都隨你們高興。無法輕易和日本的那些人聯絡，不是讓你們很困擾嗎？」

「？」

艾謝爾和艾伯特頓時露出恍然大悟的表情。

「雖然北大陸也有教會騎士團常駐，但不僅人數不多，也沒膽子干涉我的決定。艾美拉達也把那個叫什麼手機的道具交給我了，我可以把山羊圍欄借給你們當中繼基地。就我個人來說，也想再和那個可愛的乖孫女聊天。如果借給我用的那個人還能自由往返這裡和菲恩施就更好了。難道就沒有這樣的人選嗎？」

「……既然如此，那我應該能夠勝任。」

法爾法雷洛恭敬地說道。

「我曾在日本待過一段很長的時間，也記得人類平常的舉止，所以就算去山羊圍欄執行任務，應該也不會顯得不自然。這裡的惡魔可以先交給西里亞特指揮。艾謝爾大人，您覺得這樣如何？」

法爾法雷洛曾和伊洛恩一起在日本待過一段時間。

若迪恩・德姆・烏魯斯願意幫忙和日本聯絡，那麼法爾法雷洛應該是最適合伴隨迪恩・德姆・烏魯斯一起行動的人選。

「可以拜託你嗎？」

「遵命。請交給我吧。」

「迪恩・德姆・烏魯斯，我會記住這份恩情。」

艾謝爾轉向老婦人，鄭重行了一禮——

「唔呃。」

但迪恩・德姆・烏魯斯卻以難以想像是個老婦人會有的跳躍力跳起來，用力拍了一下艾謝爾的頭。

所有人都驚訝地瞪大眼睛，只有老婦人挺起胸膛憤慨地說道：

「別隨便向人低頭啦，蠢蛋！」

迪恩・德姆・烏魯斯繼續對驚訝的蘆屋說教：

「你是魔界這個『國家』的首領吧。你想將你的人民，置於人類底下嗎？」

「……不。」

「如果你不想讓惡魔變成人類的下層居民，就別再對和之前那件事有關的國家的人類低頭。這種事要交給部下去做，記得也幫忙轉告那個呆呆的魔王小鬼。」

既然特地提出這種忠告，表示這位老婦人應該已經打算接受艾謝爾之前提出的請求了。

就是因為已經打算接受，她才會將惡魔們當成自己國家的人民擔心。

「我會銘記在心。」

所以艾謝爾也只在心裡低頭，感謝她的這份溫情。

「哼。從你的臉，根本看不出來你到底聽進去多少。那麼，那邊那個長爪子的！是你要跟我走吧。叫什麼名字！」

「……我叫法爾法雷洛。請多指教噗！」

「你就不用擺出那麼威風的樣子了！給我抱持著像是把自己那顆長到沒意義的頭貼在地面上摩擦的心態，向對方表示你的敬意！如果你對其他國家的人類太失禮，會害這傢伙(艾謝爾)沒面子！好了，給我過來！你叫法爾法雷洛對吧！受不了，真是個難念的名字！」

法爾法雷洛瞬間露出不滿的表情，但立刻振作起來——

「……請您以後多多指教。」

重新恭敬地向老婦人打招呼。

他還順便當場釋放自己的魔力，變成人類的樣子。

雖然多虧了馬勒布朗契族的腰布，讓他看起來不是全裸，但轉眼之間，這裡就多了一個頭

髮梳理得非常整齊的細瘦男子。

「很好。那麼，等這個叫法雷的小鬼換好衣服後，我們就要回菲恩施了。要是你直接穿那樣去山羊圍欄，不到一個小時就會凍死！」

※

法爾法雷洛說明完蘆屋、鈴乃、艾美拉達、盧馬克、艾伯特和迪恩·德姆·烏魯斯在安特·伊蘇拉的狀況後，聚集在二〇一號室的成員們短暫陷入沉默。

千穗在聽完法爾法雷洛解釋為何能用艾美拉達的手機，從北大陸的菲恩施和日本聯絡後，感到一陣暈眩。

『……事情就是這樣，之後將由我負責在菲恩施傳遞人力與情報。』

從手機裡傳出法爾法雷洛說明的聲音，惠美、千穗，當然也包括漆原，在聽完這些事後依然尚未從驚訝中恢復。

讓魔界的惡魔，移居人類的國家。

真奧和蘆屋這兩個人，到底是從什麼時候開始推動這麼壯大的計畫。

而且就目前的狀況來看，至少能確定他們已經和艾夫薩汗帝國、菲恩施的烏魯斯氏族，以及瓦修拉馬的首長交涉過了，這點也非常令人震驚。

不對，即使真奧和蘆屋是位居惡魔頂點的存在，也不可能這麼強硬地推動這項計畫。

惠美轉頭看向一臉泰然的黑雞。

「當然，在下也早就知道這項計畫。」

卡米歐如此回答，並警戒著惠美會做出什麼樣的反應。

「……」

但緊張的氣氛只持續了一瞬間，惠美輕輕嘆了口氣。

「我想也是。你不可能沒參與這件事。那樣反而不自然。」

「沒錯。不過實務上還什麼都沒做。雖然魔王軍已經潰敗，魔界的人民數量依然十分龐大，不可能讓所有人民都移居安特．伊蘇拉。在下的工作，就只有從魔界那裡推動魔王大人和艾謝爾大人的計畫嗶。所以在下也不知道法爾法雷洛那小子做了些什麼，以及目前的進展狀況如何嗶。」

「……不如說為什麼我完全不知情啊？」

從頭到尾都被蒙在鼓裡的漆原開口抱怨。

不過漆原不知道這件事是有原因的。

「抱歉啊。畢竟這是在你於日本住院的期間，我在安特．伊蘇拉聽蘆屋提議時，花十分鐘

決定的事。」

「什、什麼，居然只花十分鐘就決定了會影響全世界的事情。」

千穗不可置信地說完後，真奧若無其事地回答：

「不管是再怎麼重要的事，決定時都只花一瞬間吧。我可以輕易地重現當時的對話喔。蘆屋說『魔王大人，今後就從東大陸開始，讓惡魔們移居安特·伊蘇拉如何？統一蒼帝對這件事很感興趣』，我回答『喔，這主意不錯呢』。然後事情就這樣決定了。」

「好隨便！太隨便了！」

隨便到連千穗都忍不住感到驚訝的程度。

「真奧從以前開始就是這樣。只要他一做出決定，講好聽一點是判斷迅速，講難聽一點就是獨斷專行。」

漆原也傻眼地說道。

「畢竟當時惠美和阿拉斯·拉瑪斯還有生命危險，所以詳細的事情是等到之後才決定，但大概就是這種感覺。」

「可、可是那時候，我們還不知道聖法氣和魔力將從世界上消失吧？」

真奧和惠美，是在之前那場動亂結束並回到日本後，才得知質點與世界的關係。

然而真奧在那之前就已經擬定了讓魔界人民移居東大陸的計畫，這樣感覺實在是說不通。

「沒什麼好奇怪的。」

但真奧搖頭回答。

「雖然沒跟你們提過，但魔界原本就面臨了能源問題。根據計算，不論我敗給惠美的那次征服世界的行動是否成功，魔界的魔力遲早都會無法供養所有的惡魔。就在當時，蘆屋獲得了統一蒼帝的信賴。那個國家是多民族國家，不僅有許多未開發地區，內戰也持續不斷，是最適合讓惡魔移居的場所。當然我們也有反省以前的所作所為，因此不會引發無意義的混亂搶奪人類的國家。」

「……這是什麼意思？」

「就是入境隨俗啦。雖然隨俗的方法有很多種。」

真奧像是在公布謎底般得意地說道，儘管他的表情讓惠美莫名地感到生氣，但她突然發現萊拉對這個話題完全沒有反應。

天禰和艾契斯不清楚安特．伊蘇拉最近的情勢，所以當然不會有反應，但萊拉對這個話題毫無反應實在太不自然了。

接著萊拉似乎也注意到女兒的視線。

她的側臉瞬間變得慘白，像是無法承受惠美的視線般別過臉。

「……妳早就知道了。」

「唔……」

真是個不會說謊的母親。

雖然惠美感到非常驚訝，但就算現在繼續逼問真奧，對事情也沒有幫助。

正常來講，惡魔搬進人類的國家居住，應該是足以震驚全世界的大事件。

不過真奧他們當然是在明白這點的情況下，執行這項計畫。

而且惠美也知道他們這次的行動和過去不同，並非基於征服世界之類的單純目的。

雖然不曉得這和讓利比科古在日本工作有什麼關係，但這件事可以等聽完法爾法雷洛的報告後再逼問真奧。

「對、對了，法雷先生。奶奶，啊，迪恩．德姆．烏魯斯大人在你旁邊嗎？」

『教會騎士團的先遣隊才剛抵達，所以她有許多事情要忙，但她有說過之後想找機會和千穗閣下好好聊聊，應該過不久就會聯絡您。』

「這樣啊……我今天之後應該都有空，你們那邊應該比較辛苦吧，教會騎士團的先遣隊，會對你們造成什麼影響嗎？」

『美其名是先遣隊，但其實就只是被派來確認進軍路線的事前調查隊，不會對迪恩．德姆．烏魯斯大人造成什麼直接的影響。此外針對迪恩．德姆．烏魯斯大人收集到的情報，我還有幾件事得向各位報告。』

法爾法雷洛的報告簡單來講，就是目前的情況並不樂觀，但鈴乃、艾美拉達和盧馬克都各自用自己的方法，巧妙地拖延教會騎士團的行動。

『克莉絲提亞·貝爾閣下、艾美拉達和盧馬克，都將以調查千穗閣下之前在奉射之儀中造出的冰槍為藉口，派人將自己周邊的情報匯集到迪恩·德姆·烏魯斯大人底下。我也會定期往返中央大陸與山羊圍欄，替兩邊傳遞情報。』

「真是幫了大忙！」

儘管無法像之前那樣輕鬆又迅速地通訊，但光是找到了能在不被人懷疑的情況下通訊的場所，就足以讓眾人輕鬆不少。

「很好，那麼，就拜託妳把沙利葉的這個帶去和大家討論，還有幫忙聯絡啦。」

說完後，真奧用力拍了一下某人的肩膀。

「咦？我嗎？」

「不然還有誰？」

真奧對一臉驚訝的萊拉露出微笑。

「就只有妳曾經近距離看過那個太空人，而且又比艾契斯適合傳話吧。何況就只有妳即使不在這裡，也不會造成問題。」

「即使對象是我，你這樣講也太過分了吧？」

「真奧和媽媽一起當著我的面酸我！」

雖然不曉得艾契斯是從哪裡學會這個詞，但看來她很清楚真奧和萊拉在對話時趁機損了她一下。

「妳和迪恩・德姆・烏魯斯是好朋友吧？而且只有妳能對照沙利葉和加百列的說法與記憶是否有矛盾。」

被真奧這麼一說，萊拉也無法反駁。

「只要去了那裡，不管妳用聖法氣飛到哪裡或做什麼，某種程度上都不容易被世人察覺吧。就讓法爾法雷洛繼續留在菲恩施，由妳負責飛到各地聯絡大家吧。」

「真沒辦法。我知道了。」

萊拉不情願地答應後，真奧滿意地拍了一下手。

「很好，那就麻煩妳順便把這傢伙帶過去吧。」

真奧指向還是一直在睡，連動也沒動的基納納。

「把基納納先生帶過去？但之前不就是因為擔心他的魔力會被教會探測到，才把他帶來日本的嗎？」

「我們原本是這麼想，但他這幾天食慾愈變愈差。」

以前總是會說一連串意義不明的話讓周圍的人疲憊不堪的基納納，在從魔界回來以後，就變得只會邊曬太陽邊睡午覺，或是偶爾發出呻吟聲，有時候甚至還一整天都沒開口。

「雖然已經確定他喉嚨上的石頭就是阿斯特拉爾之石，但要是他衰弱而死，不曉得會對石頭造成什麼樣的影響。所以還是把他帶到就算之後必須提供他魔力，也能將損害壓抑在一定程度內的魔王城，對他的身體狀況也比較好……而且萬一他又變大並破壞了公寓，這次我可真的賠不起啊。」

雖然真奧是真的替基納納的身體狀況感到擔心，但他後來補充的那句話，應該也是他的真心話。

「讓萊拉小姐一個人過去，不會有事嗎？」

萊拉的表情突然變得充滿不安，對此感到擔心的千穗，也戰戰兢兢地問道。

「我知道小千想說什麼，但除了她以外……」

「那我也一起去吧。」

此時，某人意外地自告奮勇。

那就是漆原。

「如果把基納納帶去那邊，我在這邊就沒事做了。卡米歐看起來也已經恢復了。」

雖然這麼說也沒錯，但漆原平常最希望的就是沒事做，所以在他開口之前，沒有人想到他會主動說要跟去。

「唔……儘管不放心讓天使一個人去，但讓路西菲爾一起去也嘩……」

「讓漆原先生一起去不會有問題嗎？」

「你們別講得好像這樣比讓萊拉一個人去還要令人不安啦！」

卡米歐和千穗表現出一如往常的反應，漆原抗議完後，有些尷尬地說道：

「解開天界的謎團，也和我的根源有關吧。我只是覺得姑且聽一下也好。畢竟就算直接問加百列，他也不會坦率地告訴我。」

原來如此，雖然加百列或許會願意告訴漆原，但一定會先戲弄他一番，漆原也是因為明白這點，才一直不直接問加百列。

不論那個太空人的真實身分為何，等到了天界後，一定沒有時間悠閒地解開漆原的身世之謎。

雖然漆原之前應該是真的對這些事沒什麼興趣，但如果有機會知道，他也會想要姑且聽一下吧。

「再來就是如果兩個人一起同行，即使遇到敵人也能讓另一個人有機會逃跑吧。」

「我是希望不要陷入那種情況啦……」

即使因為不安而變得臉色蒼白，萊拉還是沒有說不去。

「不管做什麼事，都會經歷摸索的階段。至今都進行得太順利，完全沒遭遇阻礙反而讓人感到不安呢。」

「真羨慕真奧，只要像平常那樣生活就行了。」

「雖然從某些角度來看可能是這樣，但其實我要擔心的事也滿多的。」

「啊？那是什麼意思？」

漆原皺起眉頭問道，真奧以意外認真的語氣回答：

「站在自己不能行動，只能看著事情發展和等待報告的立場，其實也是滿辛苦的。我直到最近才明白這個道理。」

「啊？」

「對人類來說，有些事即使原本就明白其中的道理，還是要實際站上那個立場後，才能理解其本質。」

雖然漆原似乎聽不太懂，但這是真奧的真心話，同時也是他直到最近才理解的感情。

「漆原、萊拉。」

真奧以嚴肅的語氣呼喊兩人的名字。

「拜託你們了。這都是為了阿拉斯·拉瑪斯。面對這場戰鬥，我們不能留下任何不安的要素。」

「……我知道啦。」

「好好好，我知道了啦。」

一小時後，萊拉抱著關基納納的籠子並使用天使羽毛筆，漆原則是用自己的力量打開「門」，一起去找迪恩·德姆·烏魯斯和法爾法雷洛。

惠美發現真奧在目送兩人離開時，露出了她至今從未看過的表情。

「……他們一定不會有事。」

千穗從背後向他搭話。

「奶奶和法雷先生也會幫忙。所以他們一定能平安抵達魔王城。」

「嗯。」

真奧頭也沒回地直接點頭，然後開口說道：

「一直以來，真是不好意思。」

「我很高興你總算能夠理解了。」

兩人沒看向彼此的臉，直接互相微笑。

惠美總算明白了。

真奧從剛才開始，就一直在懺悔。

真奧一直以來都對自己的力量抱持自信，所以從來沒意識到「回來」這件事。

不過在魔界的地下設施，終於發生了足以粉碎真奧自信的狀況。

真奧因此明白勝利與歸還並非絕對。

而在理解真奧的心情後，惠美也首次發現。

即使回顧自己過去的戰鬥，這也是前所未有的經驗。

這是她第一次在上戰場前，就擁有在戰鬥結束後應該回去的地方、必須回去的地方，以及等待著自己的人。

※

漆原和萊拉啟程前往安特．伊蘇拉的兩天後。

麥丹勞幡之谷站前店，在新年度吹起了一陣全新的風。

「呃……」

岩城無法隱藏眼鏡後方的眼睛裡的動搖，而忍不住從眼前的人物身上移開視線。

不過眼前的人物高大到即使別開視線，還是能隱約看見對方身體的一部分。

雖然身材嬌小的岩城，本來就覺得這世界上大部分的人都比自己高大，但從岩城過去的交

友範圍來看，那個人還是有些脫離常軌。

因為不想讓對方覺得自己是因為無法承受那副體格帶來的壓力才別開視線，岩城勉強說服自己只是在看桌上的履歷表。

「（歐洲的男性，身材果然都很高大呢。）」

「怎麼了嗎？」

「沒、沒事啦。」

岩城開始擔心自己該不會不小心洩漏了心聲。

她連忙敷衍過去，打算重新面向對方，但無論如何就是得將視線和脖子往上抬。

對方低頭俯瞰時的表情，看起來也沒有生氣，但就是會讓人覺得很可怕。

不過岩城此時已經沒有退縮的餘裕。

難得木崎最信賴的員工，為了支持自己而介紹了眼前的人物。

為了避免失禮，她必須繼續面試才行。

岩城努力不讓自己的語氣顫抖，刻意大動作地挺直背脊，開始進行面試。

「呃，感謝你今天來應徵這裡的打工。那個……利比，咕咕先生？」

「是利比科古。」

「咿，對、對不起。」

比高大的川田還要高出一個頭的身高。

宛如橄欖球員或摔角手般厚實的肌肉。

看不太出來表情的五官，以及極度低沉的聲音。

這些都讓一開始就叫錯名字被訂正的岩城，完全陷入了恐慌。

「呃，那個，聽說你和真奧是那個，學生時代的學長和學弟……」

「我是魔王大人忠實的僕人。」

「魔王……大人？咦？僕人？」

「怎麼了？」

「沒、沒事，沒什麼啦。那個，真奧，啊，是說真奧大人吧。」

從岩城刻意做出不必要的訂正，就能明顯看出她有多麼混亂。

「聽說你非常擅長外語，那個，利維……利比……利比咕咕先生，是義大利出身吧，這樣我大概就能理解為什麼了。」

「…………」

「我、我說錯了什麼嗎？」

「……不，沒錯。我是來自義大利的利比科古。」

「我想也是？」

自己到底在幹什麼呢？

完全無法掌握對話的節奏。

直到面試結束前，岩城都一直在擔心自己會不會被這個高大男性散發的壓迫感給實際壓扁。

岩城懷抱著這樣的心情，即使內心充滿了冷汗，她依然拚命摸索對話的開端。

「真的不會有問題嗎……」

打從釋放出所有魔力，變成人類姿態的利比科古走進店裡開始，惠美就一直在提這件事。

「怎樣啦。話說同樣的事情，別問那麼多次啦。」

真奧厭煩地回答。

「會想多問幾次也很正常吧。話先說在前頭，要是岩城店長有危險，我……」

「我事先就嚴厲地警告過他，只要他稍微危害到岩城店長，整個馬勒布朗契族都必須負連帶責任。那傢伙雖然個性粗暴，但還是個能溝通的頭目。不用擔心啦。」

「就是那個『粗暴』的部分最讓人擔心啦！啊啊，希望岩城店長別哭出來。」

「又不是小孩子了。」

「總覺得沒辦法對她置之不理。」

利比科古是在今天早上抵達日本。

雖然漆原和萊拉還沒抵達魔王城他就到了，但這似乎單純只是航班和船速的問題。

據法爾法雷洛所說，利比科古抵達北大陸時，漆原和萊拉才剛到北大陸與中央大陸中間的海峽而已。

利比科古一開始還無法理解自己為何被叫來日本。

就連事先得知詳情的惠美，都覺得這麼做實在太亂來了。

不過利比科古正以「真奧的學弟，義大利留學生利比科古・馬勒布朗契」的身分接受面試，以便能成為幡之谷站前店的新員工。

之所以不像真奧他們那樣取日本名字，單純只是因為擔心利比科古的演技無法配合而已。

而且現在外國人打工並不是什麼稀奇的事。

錄取利比科古，將成為之後的岩城體制的里程碑。

雖然誰也不曉得這樣對未來是好是壞，但目前排班的狀況，讓他們根本就沒有餘裕挑選要錄取誰。

「不用擔心啦！」

儘管惠美充滿不安，但一旁的千穗以開朗的聲音如此說道。

「利比科古先生在魔王城也經常和騎士們說話。雖然看起來可能有點冷漠，但只要我好好替他進行研修，他一定會努力工作！」

千穗眼神閃閃發光又充滿幹勁的樣子，讓惠美輕輕笑了出來。

「……聽千穗這麼一說，感覺什麼緊張感都沒了呢。」

「我好歹也是個大元帥啊！」

讓魔界居民移居安特・伊蘇拉的人類國家。

千穗已經接受了這個令人震撼的計畫。

或許是因為千穗知道連惠美和鈴乃都不知道的魔界與魔王軍的歷史，所以她對這件事的反應比較不同。

千穗一瞬間就理解真奧為何要把利比科古叫來日本，讓他在千穗等人辭職後，以麥丹勞幡之谷站前店員工的身分工作。

惠美一時之間無法理解，但千穗立刻開口說明：

「雖然是很久以前的事，但真奧哥曾經在我們面前說過。」

千穗想起法爾法雷洛和伊洛恩第一次來到日本時發生的事。

千穗刻意讓法爾法雷洛帶走自己，想要理解魔界的惡魔們是抱持著什麼樣的心情。

為了拯救千穗和改變法爾法雷洛想法而出現的真奧，曾經對法爾法雷洛這麼說過：

『這個世界充滿了能夠解救魔界困境的東西。』

真奧當時拿出了皺巴巴的千圓鈔票。

當時，身為魔王的真奧為了指引自己的人民，已經開始有讓惡魔以一個民族的身分，融入透過讓金錢流通所產生的社會——也就是「人類社會」的想法。

法爾法雷洛在當時還無法接受這個說明。

也可能是因為他根本還無法理解。

直到發生過東大陸的那場騷動後，惡魔們才徹底改變了自己的想法。

所謂的理由與動機，或許都是隨著情勢改變，才在事後產生的東西。

就結果而言，統治東大陸的巨大帝國艾夫薩汗，同意短暫接受艾謝爾和馬勒布朗契們的支配。

雖然真奧說自己只和蘆屋討論了十分鐘，但實際上事情還要更加複雜。

蘆屋一開始和統一蒼帝見面時，就已經開始擅自推動這個計畫。

他在獲得八巾騎士團的指揮權後，就直接操縱人類的統治機構，並在最後成功地將動亂造成的人命損失壓抑在最低限度。

儘管形式上是利用了統一蒼帝想讓艾夫薩汗成長為統治整個安特·伊蘇拉的大帝國的野心，但蘆屋與統一蒼帝締結了能以惡魔的力量強化艾夫薩汗的國力，但相對地要接受惡魔移民的約定，而為了證明自己願意守約，統一蒼帝也派了八巾騎士團的人參與滅神之戰的準備。

「不論要移民到哪裡，最重要的都是之前說過的『入境隨俗』的精神。工作、賺錢，以及和當地人好好相處的意志。之後必須將我、蘆屋和漆原在日本培養的精神，一點一點地傳播給底下的人才行。我希望利比科古能成為這個行動的先驅。」

該怎麼做才算是「好好相處」，在各個移民地應該都會有很大的差異吧，考慮到魔王軍過去的所作所為，不管魔界再怎麼讓步，還是會有些地方無法接受他們吧。

例如包含瓦修拉馬在內的南大陸，就絕對無法接受過去侵略那裡的馬勒布朗契族。

反過來說，在相對比較能接受亞多拉瑪雷克的征服統治的北大陸，應該有不少氏族願意接受蒼角族吧。

北大陸只把國境當成行政手續上的界線，與其說是民族國家，不如說是以民族為單位構成的集團，所以能夠期待他們將老實的惡魔們當成一個新的氏族來看待。

當然最主要的移民地，應該還是東大陸的艾夫薩汗帝國吧。

不僅國土的大小有差，那裡原本就是內戰絡繹不絕的多民族國家，所以外來者也比較容易融入那裡。

反過來說，由單一民族或壓倒性的多數派民族統治、民族國家意識強烈的西大陸諸國，應該都不可能願意接受惡魔。

因為以大法神教會的神聖性質為基礎的精神已經深深在那裡紮根，所以他們對惡魔的反感遠比其他大陸強烈。

所以真奧和蘆屋也刻意從一開始就放棄讓惡魔們移民西大陸諸國，並預測這麼做會比較容易博取其他國家的好感。

雖然西大陸的國家數量比其他大陸多，但在大法神教會的名號下，他們在軍事與產業方面的團結程度和實力都比其他大陸強大。

為了追求能在實質上與西大陸對抗的素養和力量，統一蒼帝立刻就決定接納惡魔。

當然北方和南方也有類似的想法，曾經是侵略者的惡魔們，在移民後應該也會經常被攻擊吧。

不過跨越這些要素後，真正要貫徹的就是「入境隨俗」。

不能讓贊成接納自己的那些人顏面掃地。

最重要的就是這點。

為了培養這樣的精神，並從上層開始傳播這項精神，最後被選上的就是在和完全沒有戰鬥能力的「異世界普通人」千穗第一次見面時，就選擇用對話溝通的法爾法雷洛，以及利比科古。

「我已經事先跟利比科古詳細說明過這件事的重要性、那傢伙本身的功績和稀有程度，以及自己的行動是如何背負著魔界惡魔們的未來。馬勒布朗契不是笨蛋。他們原本就是與具備各種不同性質的族人，一起在魔界建立擁有漫長歷史的社會的種族。他們曾是魔界最大的勢力，在加入魔王軍後，也思考過要如何在尊重對方的同時，守護自己民族絕對不能退讓的底線。放心吧。他是個能幹的傢伙。」

看見真奧嚴肅的側臉後，惠美也只能投降。

「我知道了啦，但他就不能再讓身體變小一點嗎？那個身材在廚房裡行動時，應該會很礙事吧。」

如果身材遠比川田高大的利比科古，在絕對不算大的幡之谷站前店的廚房裡走來走去，確實會是非常令人震撼的景象。

不過真奧一臉得意地豎起拇指。

「放心吧。等他錄取後，我會叫他去考駕照。木崎小姐離開後，外送人員就會變少吧。我想讓他負責在外面跑。」

「……那樣也同樣令人擔心。」

惠美剛與真奧重逢時，曾經害怕到完全不敢將視線從真奧或Villa・Rosa笹塚上移開。

她現在滿腦子都在擔心利比科古獨自外送時，會不會引發什麼問題。

接著真奧一臉嚴肅地對擔憂的惠美說道：

「到時候，我會負起一切的責任。所以我想拜託妳們兩個，現在先在一旁守護著他。」

「真奧哥。」

「……雖然，我也很想相信他。」

惠美無法隨便答應這件事。

她已經能夠信賴真奧、蘆屋和漆原。

不過那是因為對象是真奧、蘆屋和漆原。

要求她像信賴他們一樣，信賴剛抵達日本不久的惡魔，真的是正確的決定嗎？

就在惠美準備坦率表明自己的不安時。

「那、那麼，因為現在店裡沒有能讓你穿的制服，所以我先去調貨。」

「……好的，我知道了。」

岩城一面和利比科古說話，一面慌慌張張地走出員工間。

「如果是特大號的尺寸，應該就能穿得下去了。那個，我知道你的住宿狀況，所以不會勉強你，但可以的話，希望你能提供方便聯絡你的電話。」

「……一定要有電話嗎？」

「不不不不沒關係啦！完全沒關係，只要透過真奧大人聯絡你就行了吧？沒、沒錯，我也覺得這樣比較方便，所以該怎麼說才好，不用勉強啦！」

「……我會和學長商量，盡快準備電話。」

「是、是、是嗎？謝、謝、謝謝！真、真、真的不用勉強喔！」

兩人的對話非常不自然。

「──應該是發生過什麼事了吧……」

惠美和千穗忍不住如此低喃。

此時兩人正好經過真奧他們所在的櫃檯。

「那、那個，真奧大人。」

「店長，妳怎麼了？妳這樣突然叫我大人，讓我有點困擾。」

不曉得為什麼事情會變成這樣的真奧偷瞄了利比科古一眼，但後者只是閉上眼睛輕輕搖頭。

「那、那個，真奧。我啊，決定錄取你的朋友了。」

「咦？」

惠美驚訝的聲音，沒傳進任何人的耳裡。

「只是，那個，因為沒有制服，所以必須先申請調貨，下個星期一，我會再和他商量排班的事。所以，那個，關於聯絡方式，就先登記真奧大人，不對，真奧的手機好嗎？」

「我知道了。不過那樣應該不太方便吧。利比科古，之後一起去買手機吧。」

「……我知道了。」

「說、說得也是，要是能這麼做就太好了！那、那個，關於機車駕照的事，公司會提供補助，所以不用太過焦急，那麼，之後討論排班時再見吧。」

「……我知道了。非常感謝。」

利比科古彎下腰行了一禮。

「咿！別、別這麼說，我才要感謝……」

利比科古的身體擋住店裡的燈光，讓誤以為自己要被那道龐大身軀壓倒的岩城，瞬間退後了一下。

「雖然看起來個性冷漠，但他其實是個坦率又誠實的傢伙。請妳好好指導他。你知道怎麼回去吧。」

「沒問題。那麼，我先告辭了。」

利比科古重新朝在場的所有人行了一禮後，就靜靜地離開了。

「店長，謝謝妳特地抽出時間面試他。」

「不、不會啦，我才是沒想到這麼快就能招到人，那個，真是幫了大忙。他的語言方面看起來也沒問題，只是，坦白講外表有點可怕……」

雖然這樣的評論確實有點太過坦白，但反過來講，這也表示利比科古順利完成了與岩城的面試。

千穗輕碰惠美的手臂，朝她眨了一下眼，惠美也放棄似的點頭。

至少從目前的狀況來看，利比科古確實像真奧說的那樣有想要融入日本的意志。

「他剛來日本沒多久，表情還很僵硬。我會要他在家裡練習怎麼笑。」

真奧說完後，岩城搖頭回答：

「先讓他習慣日本的生活吧。如果不先讓他實際累積各種經驗，一定會陷入混亂。從他日文說得非常流利來看，他在學校或母國時應該做過不少研究吧，但那和真正的現場果然還是會有些微妙的不同。」

儘管很怕利比科古，岩城仍以毅然的態度做出彈性的對應，這讓真奧有些開心地露出微笑，輕輕低下頭說道：

「這麼說也有道理。我知道了。非常感謝。」

「我才要跟你道謝。嗯～不過萬一特大號也穿不下該怎麼辦。啊，對了，名牌！利、利維……嗯～發音好難。對了，真奧。雖然名牌一定要用片假名寫，但他的名字該怎麼寫才好。」

「啊，說得也是。該怎麼寫才好呢。如果寫全名會太擠，根本就看不懂。」

千穗微笑地看著岩城和真奧商量利比科古的名牌要怎麼寫。

「雖然可能只是小小的一步，但希望惡魔們能像這樣一點一點地逐漸建立起自己的容身之處。」

「是啊……」

惠美含糊地回答。

「嗯。」

千穗不可能沒察覺惠美猶豫的理由。

即使察覺依然如此斷言，是因為千穗無論如何都想劃出一條界線。

將自己和惠美站立的場所，劃在同一條線的內側。

而惠美也非常清楚千穗的心情。

所以——

「利比科古的新人研修，要由誰來負責啊。」

「為了利比科古好，最好是由我以外的人負責。岩城店長應該也是這麼想。」

晚上十點。

配合千穗的回家時間排班的惠美，早一步換好衣服來到二樓的櫃檯。

惠美用手機確認了一下時間後，指向櫃檯。

「我要一杯大杯熱拿鐵。不用算員工價了。」

「啊？」

「我會好好付錢啦。」

「……」

既然都說了會付錢，那不論對方是勇者還是員工，真奧都必須替客人準備餐點。

「等小千出來後，就快點回去吧。」

說完後，真奧端出咖啡。

「我很快就會喝完啦。」

惠美拿出千圓鈔票，收下六百六十圓的零錢。

她看了一眼手中的五百圓硬幣、百圓硬幣、五十圓硬幣和四枚十圓硬幣後，抿起嘴唇。

然後，惠美從真奧手中接過裝著熱拿鐵的杯子，嘆了口氣。

「怎麼了？」

「沒什麼，只是覺得明明是這麼單純的事。」

「嗯？」

「沒事，沒什麼啦。」

將零錢放進錢包後，惠美舉起杯子直接喝了一口。

「喂，去找個座位喝啦。或許會有客人來……」

「如果有客人來，我會回去啦。」

「……想說什麼就直接說啦。通常妳只要在我面前拖拖拉拉，就表示在想些多餘的事情並因此累積了許多不滿。」

「既然你都這麼清楚了，就閉嘴讓我發洩一下。」

「拜託別拿我當沙包啊。」

真奧開始收拾泡熱拿鐵時用到的咖啡粉和濾杯，將牛奶放進冰箱。

「我有點意外。因為木崎小姐通常不會當場宣布面試結果。」

「這沒什麼好不可思議的吧。反正他的聯絡資訊也是填我的手機，不管什麼時候通知都一樣。而且我們原本就人手不足，根本就沒有餘裕挑人。」

「說得也是。沒想到一口氣會有五個人離職。」

「唉，再怎麼說也不能五個空缺都找惡魔來填，但自己找人填補自己造成的空缺，應該也不會遭天譴吧。」

「真同情被迫配合你的部下。」

「長遠來看，那對他們的未來也有幫助。所以有什麼好同情的。」

MgRonald.

「是嗎？說得也是。抱歉，我說得太過火了。只是無論如何都不太能接受。」

「我知道妳的心情很複雜，但等他加入後就妥協一下，好好以前輩的身分和他相處吧。」

「好好好，我知道了啦。我也曾經接受過前輩親切又細心的指導，所以會努力仿效前輩。而且我不會在工作中摻雜私情。」

「我說啊。」

「謝謝招待。不過對我來說有點太苦了。」

在這段簡短的談話中，惠美已經把大杯熱拿鐵給喝完了。

真奧只能不悅地收下惠美遞給他的空杯子。

正好就在這個時候，樓下傳來千穗向底下的員工道別的聲音。

惠美離開櫃檯，背對著真奧輕輕揮手。

「吶，魔王。」

「啊？」

「如果你們的惡魔大移民計畫進展順利。」

「嗯。」

惠美維持背對真奧的姿勢，將手插進薄外套的口袋裡，然後以讓人稍微回想起以前的她的僵硬語氣，轉頭對真奧說道：

「你打算繼續在哪裡當王？」

「嗯？」

「你不是打算三年後，要去木崎小姐的公司幫忙嗎？」

「是啊。」

「到時候……」

覺得惠美的聲音有些顫抖，應該不是真奧的錯覺。

那麼為何惠美的聲音會變得顫抖呢？

這點一定連本人都不知道原因。

「到時候的你……會是什麼人呢？」

在統治的人民前往人類世界後，曾是惡魔之王的存在會變得如何呢？

「因為妳好像有點誤會，所以我先跟妳說清楚。」

真奧開始清理今天應該已經再也用不到的道具。

「不可能讓所有惡魔都搬到安特・伊蘇拉。還是會有不少惡魔留在魔界。」

「……留在那種地方？如果魔力消失，那裡就連飲食都會有問題吧……」

「也不是完全沒有。只是至今都沒有需要，所以既沒有找過也沒有自己生產過而已。不過以後就會需要。雖然移民計畫也很重要，但為了那些不想離開魔界的傢伙，接下來還有很多事

情要做。而且……」

真奧沖掉手上的清潔劑泡沫後，抬起頭說道：

「年都還沒過就在講明年的事情，可是會被鬼笑的。誰知道三年以後會變怎樣啊。」

「你是社會人士吧。稍微預測一下啦。你三年後到底打算怎麼辦？」

「那妳三年前有想像過未來會和我在同一個職場工作嗎？」

「……沒有。」

真奧的回應，讓惠美非常難以反駁。

「對吧。事情就是這樣。橋到船頭自然直。放心吧。我會努力別惹妳生氣。」

「不能只是努力，而是絕對不能惹我生氣。」

「別強人所難啦。我怎麼可能有辦法完全不惹妳生氣。光是努力和妳好好相處，就已經是我的極限了。」

「你還真敢說。馬上就開始讓我有點不爽了。」

惠美微笑地啐道。

反正她本來就不認為真奧會坦白說出心裡的話。

不過光是這樣，就讓她覺得輕鬆了不少。

「遊佐小姐，不好意思讓妳久等了！我零錢包裡的東西散落在櫃子裡……咦？」

千穗樓梯才走到一半，就發現惠美以不自然的姿勢站在櫃檯前面，不禁露出困惑的表情。

「啊，嗯，沒事啦。那我們回去吧。」

不過惠美立刻轉向千穗，重新邁開腳步走下樓。

「啊，好的。真奧哥，再見，辛苦了。」

雖然感到困惑，千穗還是遵照惠美的指示，用力朝真奧揮了一下手後轉身回家。

聽著遠方傳來自動門關閉的聲音，真奧突然停下手邊的動作。

「三年後，我會是什麼人嗎？」

在惠美問這個問題前，真奧就已經思考過這個問題好幾次了。

不如說從真奧知道蘆屋和統一蒼帝在他不知情的時候，趁東大陸發生動亂的期間擬定讓魔界人民移居安特．伊蘇拉的計畫時開始，他就一直在思考這個問題。

「畢竟都說了『不可能』……真是丟臉。一年前，誰想得到事情會變成這樣啊……誰知道三年後會變怎樣。」

真奧回想起過去那段辛苦但讓人想笑的記憶。

「尋找我自己的新生活嗎？」

真奧看著空無一人的麥丹勞二樓，露出苦笑。

「三年後，我會是什麼人嗎？感覺這不是由我來決定呢。」

「你在嘟囔些什麼啊？」

此時，另一道熟悉的身影走上惠美和千穗剛離開的樓梯。

「木崎小姐。」

「現在還在上班喔。」

「對不起，一個不小心就說出了未來的煩惱。」

木崎身上穿的不是員工制服，而是套裝。

「我聽岩城店長說了。你似乎馬上就帶了有前途的新人過來。」

「只是偶然啦。碰巧時間點不錯。至於有沒有前途，還要看他之後的表現。」

「即使如此，還是幫了大忙。某方面來說，這是個好機會。早點讓岩城店長增加自己親自培育的員工，也是件好事。」

「啊，不過請放心。雖然那傢伙是我的後輩，但我會盡量避免形成奇怪的派閥。」

「有時候太過在意這種事情，反而會造成反效果。自然一點就好。只要大家都認真地體貼別人和工作，情況遲早會自己穩定下來……講是這樣講，我自己也馬上就開始覺得新部門的人際關係很麻煩了。對了，阿真。」

「是的？」

「我要一杯中杯的特調咖啡。」

「……好的。」

真奧挺直背脊，活用今天一整天賭上麥丹勞咖啡師之名調整到最佳狀態的各種道具和咖啡豆，泡出寫在菜單最上方的特調咖啡，倒進中杯尺寸的杯子裡，放在茶托和托盤上遞給木崎。

「需要牛奶或砂糖嗎？」

「不用了。我喝黑咖啡就好。」

木崎收下托盤，找了個離櫃檯最近的座位坐下，然後立刻喝了一口咖啡。

接下來的五秒，對真奧來說是緊張的一瞬間。

「還不錯。」

及格了。雖然還無法獲得好喝的評價。

不過，木崎滿意地再喝了一口後，看向真奧：

「雖然不曉得我們彼此之後會變得怎麼樣，但我一定會實踐自己的諾言。期待三年後，能從你那裡聽到好的回答。」

「請妳努力讓我想說出好的回答。」

「這可是你說的。」

木崎愉快地瞇起眼睛，將杯子放回茶托上。

「之後的事情，就交給你了。」

「交給我吧。我會好好處理。」

事到如今，已經沒必要再多說什麼了。

即使真的有必要，那也是三年後的事了。

真奧和木崎，彼此都很清楚這件事。

木崎明天就會離開這間店。

她婉拒了明子策劃的送別會，但表示會個別和每個人談話，而木崎留給真奧的，是感謝與道別的話語。

「能和你一起工作，讓我覺得非常幸福。」

※

在那之後，又過了三天。

「聽好了！基本上只要一聽見自動門打開的聲音，就要先說『歡迎光臨』。」

「……好的。」

「如果客人是小學低年級的孩子，就要盡可能配合對方的視線！剛才那個小孩子顯得有點害怕，所以要稍微彎下腰，慢慢用溫柔的語氣跟他說話！」

「……好的。」

「那麼，先來清潔托盤吧！酒精除菌噴霧在這裡，先用這個噴一下正反面，再用這個已經殺菌過的抹布擦拭。如果除菌噴霧沒了，就去進貨入口的架子上找備用的……」

「……………好的。」

「太好了。感覺進行得還滿順利的。」

「是、是啊。」

一臉欣慰的岩城和面帶苦笑的惠美，看著一道巨大的身影和一道嬌小的身影，一起在櫃檯後方擦拭托盤。

利比科古正式被錄取的第一天。

雖然是由川田負責替他進行新人研修，但川田現在出去外送，所以改由千穗教他簡單的工作。

平常總是肆無忌憚地稱千穗為小螞蟻的利比科古，現在——

「千穗前輩……托盤被我折斷了。」

「你、你太用力了啦！為什麼你會有辦法把這麼硬的東西折斷？」

「……對不起。」

已經能像這樣正常地將千穗當成前輩對話。

「或許是利比科古帶來了好運勢，其實今天預定還會有兩個人來面試。我當然還是會仔細挑選，但總覺得看見了希望呢。」

「那、那真是太好了。」

惠美也不想對開心的岩城潑冷水，所以只能像這樣點頭。

岩城似乎努力練習過「利比科古」的發音，但每次她一喊出這個名字，已經根植在血液裡的勇者ＤＮＡ，就會讓惠美反射性地戒備。

雖然覺得自己今天一整天應該都會無意義地維持緊張狀態，惠美還是和岩城一起回去工作。

此時店裡來了新的客人。

千穗抬起頭，以開朗的聲音喊道：

「歡迎光臨。」

「……」

「利比科古先生。」

「……啊，歡、歡迎光臨。」

利比科古還無法和千穗同時做出反應。

「像這樣忙東忙西的，居然還有辦法聽見那麼小的聲音……」

「習慣後就會聽得見了。歡迎光臨。已經決定好要點什麼的客人，請到這邊的櫃檯……啊。」

千穗上前迎接新客人，並在認出對方後嚇了一跳。

「小佳、江村同學，歡迎光臨！」

「嗨，佐佐。」

「喲。」

新來的客人，是佳織與義彌。

「今天過得怎麼樣？」

「我剛從補習班回來，然後東海突然就說想來這裡。」

「小佳提議的？」

千穗看向佳織，後者有些困擾似的笑道：

「哎呀，妳想想看，我們已經高三了吧？一想到差不多快要看不到佐佐穿打工制服的樣子，就覺得該趁現在來一趟。」

雖然佳織說得吞吞吐吐，但千穗並未特別起疑心。

「真是瞞不過小佳呢。」

「咦？」

「晚點如果有空，再來座位那裡找我們吧。可以先點餐嗎？」
「啊，嗯。」
「喔。啊，我有折價券呢。」
「好的，我知道了。請將折價券對準這邊的機器。」
千穗俐落地幫兩人點餐——
「請先在旁邊稍等一下。利比科古先生，請你從那裡的冰箱拿一份沙拉出來。然後將冰塊裝進大杯尺寸的紙杯裡。」
「……好的。」
同時向利比科古下達明確的指示。
「……千穗前輩，這些薯條夠嗎？」
「沒問題。因為客人只有點一份小份的薯條。對了，趁這個機會，請你看仔細了。先用鏟子的這個部分打開紙袋，再把薯條像這樣倒進去。」
「……紙袋太軟了，感覺很難裝。」
「可能要等習慣以後，才能一次就裝好，趁現在先學起來吧。啊，漢堡做好了。要先確認明細，再放進正確的托盤裡。你看得懂漢字吧？如果有什麼不懂的地方，要開口問喔。」
「……好的。這樣就可以了。」

利比科古以生硬的動作，擺好了佳織和義彌的餐點。

「……讓您久等了。」

「謝啦。」

佳織和義彌在面對利比科古的體格時，也稍微畏縮了一下，但還是自然地收下托盤，找了個空位坐下。

利比科古目送兩人離開後，輕輕嘆了口氣。

「感覺眼睛都要花了。」

「一開始都會比較辛苦。我也是一樣。」

「這不是習不習慣的問題。一想到人類一餐要吃這麼多種東西，就讓人感到厭煩。」

「麥丹勞的品項還算少喔。安特．伊蘇拉人的飲食生活，還要更加多樣化。」

「……」

因為無法否定千穗說的話，所以利比科古也無言以對。

「我稍微離開一下。如果有客人上門會立刻回來，你先繼續練習說歡迎光臨吧。」

「……好的。」

忙到一個段落後，千穗快速走出櫃檯，趕到佳織和義彌身邊。

佳織他們似乎也有在注意千穗，兩人抬起頭等待著她。

因為不能放著利比科古不管太久，千穗立刻切入正題。
「小佳，妳猜對了。我這個月就會辭掉打工。」
「果然啊。」
「唉～這也是沒辦法的事。妳辭職後，多出來的時間要怎麼辦？要去上補習班嗎？」
「我還沒有具體的計畫，但之後應該會去上吧。我現在所處的環境，沒辦法讓我一個人專心念書。」
「喔？」
佳織隨口回應，但這是千穗的真心話。
如果沒有任何強制力，只是單純辭掉打工，千穗一定會因為擔心真奧他們的事，而無法集中精神念書。
她只要一有空就會想幫真奧的忙，真奧他們也一定會有些瑣碎的事情，需要借助千穗的力量。
這樣下去是不行的。
必須先做好彼此的事，等有餘力時再互相幫助。
而千穗現在該做的事，並不是替肚子餓的真奧送料理。
如果將來自己的願望真的因為某個不得了的契機實現，為了到時候能真正幫上他們的忙，千穗現在必須努力讓自己成長為那樣的人才行。

為了成長為能夠抬頭挺胸地和完成大事的真奧他們在一起的大人，千穗現在必須強烈地對自己和外人展現出要克盡高中三年級生本分的決心。

「當然，如果除了念書以外，還有其他只有我能做到的事情，我也會想去做。」

「雖然我不太清楚，但既然妳心裡的煩惱已經消散了，那應該算是件好事吧。」

「我有表現得那麼煩惱嗎？」

「妳覺得瞞得過我嗎？」

「不覺得。對不起。」

真是敵不過佳織。千穗苦笑地吐了一下舌頭。

「那個身材非常高大的人，該不會是佐佐的後輩吧？」

佳織像是在宣告這個話題已經結束般，開啟了新的話題，千穗點頭回答：

「他是最新加入的新人。因為負責幫他進行研修的人正好外出，所以現在才由我指導他工作。」

「喔……感覺前不久才剛聽佐佐木提過接受研修的事情，妳真厲害。現在居然已經能夠指導那種大叔了。」

這麼說來，佳織和義彌確實曾見過千穗剛進這間店工作時的狀況。

一想起當時的事，就讓千穗感到有點難為情，但那也是段美好的回憶。

「其實他還滿年輕的喔。別叫人家大叔啦……啊，歡迎光臨……」

此時傳來自動門開啟的聲音，千穗反射性地回頭以笑臉迎接新客人，但利比科古似乎早一步注意到那個聲音。

「歡、歡迎光臨啊啊！」

一陣讓店裡的所有人都嚇了一跳的沉重低音響起，千穗、佳織和義彌也忍不住往後仰。

千穗稍微向兩人賠罪後，慌張地趕回櫃檯。

剛才走進廚房的岩城和惠美，也衝到外面確認狀況。

「歡、歡迎光臨，由這邊的櫃檯替您服務。」

才第一天上班的利比科古還不會使用收銀機，所以是由惠美代替他應付客人，千穗在後面輕聲提醒他：

「利比科古先生，雖然我有說過要你大聲打招呼，但沒叫你用吼的！請你先聽周圍前輩的聲音，再配合他們的音量！不可以喊得太大聲啦。」

「……嘖，真是麻煩……」

利比科古以只有千穗聽得見的音量，開口抱怨。

看來無法順利學會各種工作，讓他感到非常煩躁。

千穗察覺惠美在招呼客人的同時，也在仔細傾聽兩人的對話，為了利比科古的將來，千穗只好使出特地為了這種時候隱藏起來的密技，她單手扠腰，像個前輩般嚴厲地指導利比科古：

「伊魯柯魯、圖卡、伊魯波魯庫、尼茲、利比科古（利比科古，要入境隨俗喔。）」

「！」

「？」

這下不僅是利比科古，就連正在招呼客人的惠美，都忍不住轉頭看向千穗。

千穗說的是安特．伊蘇拉的中央交易語言，聖特里恩特。

在法爾法雷洛傳來聯絡的當天晚上，迪恩．德姆．烏魯斯表現得像是千穗在長野的奶奶般，打電話來詢問她的近況。

在這通講得比預期還要長的電話中，碰巧提到接受惡魔移民的話題時，千穗突然想到一個問題。

那就是「入境隨俗」這句話，用安特．伊蘇拉語要怎麼說。

為了讓千穗能對惡魔傳達這句話，迪恩．德姆．烏魯斯教她使用亞多拉瑪雷克也曾用過的一種叫「聖特里恩特」的語言。

雖然迪恩．德姆．烏魯斯之後激動地想幫千穗找個最棒的語言老師，讓千穗費了一番工夫安撫她，但從利比科古的樣子來看，千穗確信事先問過這句話怎麼說是正確的。

千穗毅然地用聖特里恩特語讓利比科古大吃一驚後，接著用日語說道：

「魔王大人和艾謝爾先生一直以來都貫徹著這個精神。如果這點程度的小事就能讓你洩氣，可是會被那兩個人笑喔。」

千穗一搬出真奧和蘆屋的名字，利比科古就變得無法反駁。

他尷尬地將視線從千穗身上移開，清了一下嗓子後說道：

「……我知道了啦。真是的……嗯嗯，歡、歡迎光臨。」

「很好！就是這樣！」

千穗拍了一下利比科古的背，後者尷尬地回去工作。

雖然惠美也露出非常想問千穗問題的表情，但周圍的狀況不允許她這麼做，因此她也只能乖乖回去工作。

從暗處觀望兩人的岩城，也在確認利比科古坦率地遵從千穗的指示後鬆了口氣，默默轉身離開。

然後——

「看來她真的已經擺脫煩惱了。」

佳織遠遠看著那樣的千穗，滿意地點頭。

千穗開始在這間店工作後，果然就改變了。

她以前在二年級的四月，因為煩惱未來的出路而決定先在這裡工作時展現的不穩定感，現在已經徹底消失無蹤。

即使會覺得煩惱或辛苦，千穗也已經不會再猶豫，並且絕對不會停止前進。

透過千穗與那個高大新人的互動，看見在「朋友」範圍外的另一個「佐佐木千穗」巨大的身影後，佳織如此確信。

「我也得更加努力才行。」

「我也……」

「嗯？怎麼啦，義彌，幹嘛突然一臉嚴肅。」

「呃，因為佐佐木剛才毫不猶豫地用外語指導後輩……明明在一年前，她光是想跟上前輩就已經很勉強了。人一旦開始工作，就會變得能做到那種事嗎……糟糕，我不過是上個補習班，就開始得意忘形，這樣下去不行，我不覺得自己能夠在一年內變成那樣。」

「你本來就沒必要變成那樣，不過如果你能因此開始努力，不是也很好嗎？不然乾脆找佐佐一起商量，三個人挑戰同一間大學吧？」

「……光是想和東海念同一間學校就夠嚴苛了，如果想和佐佐木念同一間學校，應該會更嚴苛吧。」

「喂，給我鼓起幹勁！怎麼可以在戰鬥開始前就認輸！」

千穗的必殺技，在意外的地方也展現出效果。

木崎真弓即將離開，之後也還有更多員工會離開，就連千穗都準備離開這間店。

就在這時候，出現了一個在各方面都稱得上巨星，名叫利比科古的新員工，惠美完全無法想像他會對這間店帶來什麼樣的影響。

只是在一旁聽過千穗和利比科古的對話後，惠美在心裡下了一個很大的決心。

從利比科古剛才弄壞了托盤，就能看出他不像真奧、蘆屋、漆原，以及同為馬勒布朗契的法爾法雷洛那麼擅長控制人類的身體。

漆原曾說過雖然從外表看不出來，但馬勒布朗契們的手非常靈巧，只是變成人類的身體後，各方面的狀況應該都不太一樣吧。

即使本人沒有那個意思，那股力量還是有可能引發騷動。

所以——

「……絕對要活著回來。」

不能在滅神之戰中落敗的理由，又多了一個。

惠美想要盡可能守護這間對自己、千穗、真奧、木崎，以及岩城和利比科古來說，非常重要的幡之谷站前店。

這也是為了惠美珍惜的人與事物。

為了正在安特・伊蘇拉努力的同伴們。

「再來……就是盡快做個了斷，讓七月變得也能排班……」

惠美如此強烈地下定決心。

續章　墮天使，回想起過去

「感覺街上的氣氛有點吵鬧。」

「看在我的眼裡，只要是有人在的地方，不管哪裡都很吵鬧。」

「來自西方的物資正接連湧入這座城市。不只是迪恩．德姆．烏魯斯大人，許多有力氏族和國家的眼線，也都湧入了諾斯．夸塔斯和這個威蘭德．伊薩。」

『嗯唔唔唔……呼嚕呼嚕。』

與利比科古擦身而過，回到安特．伊蘇拉的漆原、萊拉和基納納，正位於北大陸南端的港灣都市，威蘭德．伊薩。

從都市的規模來看，比山羊圍欄大上一倍的威蘭德．伊薩，如同其名是位於威蘭德氏族的領地內。

這裡是北大陸最大的貿易港，而威蘭德氏族的領地同時也位於北大陸為數不多的廣大平原，所以許多人與物品都會經過這裡。

在吹著舒適海風的港口角落，一間客群偏向富裕階層的餐廳二樓的包廂。

人類型態的法爾法雷洛穿著莫名高級的服裝，帶領萊拉他們來到這個能清楚看見港口的座位用餐。

「我還以為是要讓惡魔移民到山羊圍欄，從這裡去魔王城，應該不用多少時間吧？」

「然而我們沒辦法這麼做。」

漆原平常的分析通常都很正確，但即使服裝是和北大陸的某個氏族借來的，臉給人的印象依然非常正經的法爾法雷洛，皺起人類型態的眉頭說道：

「其實教會騎士團的先遣隊已經來到威蘭德．伊薩了。」

「咦？這樣不會有問題嗎？」

萊拉驚訝地說道，但法爾法雷洛安撫般的揮揮手。

「就像我之前說的那樣，那只是支百人規模的先遣隊。只是為了讓大部隊能順利移動，才先來這裡視察。」

「喔？為什麼他們要來這個威蘭德．伊薩？我還以為他們會從西邊的韋斯．夸塔斯登陸中央大陸。」

「韋斯．夸塔斯被路西菲爾大人破壞的地方，尚未復興完畢，所以無法讓大規模的教會騎士團駐留。」

「法爾法雷洛，這件事記得也要跟魔王和艾謝爾報備喔。多虧我以前有熱心工作，現在才

能像這樣發揮效果對吧？這件事很重要喔。」

「是、是的。」

雖然被突然激動起來的漆原嚇了一跳，法爾法雷洛還是開始簡單說明從迪恩·德姆·烏魯斯那裡聽來的，關於艾美拉達和盧馬克的方針。

「簡單來講，就是即使教會騎士團知道物資會大塞車，還是有許多運輸路線必須仰賴北大陸啊。」

「雖然聽說這種運輸受阻的狀況，將會隨著時間經過逐漸改善，但艾美拉達·愛德華和迪恩·德姆·烏魯斯，似乎在策劃其他方法妨礙他們。」

「喔。雖然不曉得要用什麼方法，但里德姆果然厲害。」

萊拉心不在焉地發表感想。

「萊拉，妳剛才的發言聽起來很蠢喔。」

漆原厭煩地說道，然後將身子稍微探出港口。

「那艘船上面掛的，是教會和齊琳茲的旗子，也就是擁有拉姆瓦瑟的國家。既然拉姆瓦瑟的船跑來這裡，表示海運和物流確實已經打結了。」

在港口的角落，停了一艘戒備特別森嚴的軍艦，漆原凝視著那艘軍艦說道：

「看起來只是在威嚇周圍的人，並沒有真的在做事。應該說是假裝在工作吧。法爾法雷洛。」

「是的。」

「迪恩．德姆．烏魯斯與教會騎士團的折衝，進展得一點都不順利吧。」

「您說的沒錯。」

法爾法雷洛奸笑地說道。

「我也算是理解人類社會，但政治這種事真的非常困難。」

「路西菲爾，好厲害，你一看就知道了嗎？」

漆原只看過一艘軍艦，就能分析出世界的情勢，讓萊拉感到佩服不已。

「關於『不工作』這件事，我在各方面都是專家啊。」

漆原這個讓人不曉得該不該佩服的回答，讓萊拉露出複雜的表情。

或許是注意到那個表情，漆原不情願地補充說明：

「無論外海、港口或周圍的停船場，都看不見護衛艦的身影。在這個必須加緊腳步執行計畫的時期，讓那麼豪華的船單獨行動，表示教會非常害怕得罪北大陸，並且明白無法對北大陸使出強硬的手段。即使如此，那艘船本身的警備並不森嚴，表示那艘船上的人並不怎麼重要。這代表雖然教會派了一個還算有地位的人過來，但北大陸根本不理他們，直接把人給趕回去了。」

「您說的沒錯。迪恩・德姆・烏魯斯大人現在完全沒有和先遣隊交涉的打算，並表示教會再過不久，就會派另一個大人物過來。」

漆原和法爾法雷洛的對話，讓萊拉看得目瞪口呆。

接著漆原看向萊拉，不屑地笑道：

「雖然大家都是這麼想，但真虧妳有辦法長年躲避天界的追兵呢。」

「我、我有什麼辦法。」

萊拉本人最近已經被各式各樣的人說過類似的話，所以開始對自己的不知世事和缺乏計畫性感到非常羞愧。

「我原本只是個醫生，而且還是只負責按照伊古諾拉的指示工作的下級研究者，跟政治的世界一點緣分都沒有。」

「咦？」

「這樣讓人更加佩服妳居然能正常地活到現在了。我可是有段記憶完全空白的期間呢。」

「沒什麼。比起這個，法爾法雷洛，你不需要跟著我們吧。你留在北大陸。我們自己去中央大陸就行了。」

「咦？路西菲爾？」

「啊？可是迪恩・德姆大人也吩咐我陪你們一起往返諾斯・夸塔斯……」

「如果真奧和蘆屋聽了剛才那些話，一定也會做出相同的判斷。我好歹曾經是西方攻略軍的負責人，和奧爾巴也算有段很長的交情。所以我非常清楚教會的想法。」

漆原用手掌在自己的脖子前面劃了一下。

「大法神教會有很多顆能夠替換的腦袋，但迪恩．德姆．烏魯斯沒有。那個老太婆現在是守護我們計畫的最大防波堤，現在支爾格已經不了了之，也沒有其他能夠立刻重新統率北大陸的代理人。如果北大陸現在陷入分裂，情況將會一口氣變得對我們不利。」

「你、你的意思是教會打算派人暗殺里德姆嗎？」

萊拉忍不住發出慘叫，但漆原搖頭回答：

「雖然應該不會做出那麼極端又淺顯易懂的事，但視下一個來的大人物是誰而定，我們不能太過樂觀。有很多種狀況，都能讓迪恩．德姆．烏魯斯變得無法干涉中央大陸和教會騎士團。一旦老太婆判斷站在我們這邊無利可圖，她隨時都有可能叛變。雖然我不曉得蘆屋之前是怎麼和迪恩．德姆．烏魯斯交涉，但趁迪恩．德姆．烏魯斯現在還無法背叛我們，有必要盡可能延長這樣的狀況和期間……你們那是什麼表情？」

萊拉和法爾法雷洛一臉愕然。

他們沒想到漆原居然能說出這麼有說服力的分析和指示──

「……在沒有其他人能依靠，不得已的時候，我也是會想這麼多啦！」

因為兩人的表情實在是太明顯，漆原不悅地將臉偏向一邊。

萊拉看見漆原趴在船艙內的地板上一動也不動後，陷入慌張。

「喂，你沒事吧？」

雖然他們搭上了迪恩・德姆・烏魯斯安排的從威蘭德・伊薩開往諾斯・夸塔斯的貨船，但漆原在上船前臉色就很差。

安特・伊蘇拉的船，從以前開始就是帆船。

不僅會大幅受到風的影響，行駛起來也不怎麼穩定，受到海浪的影響，船艙內劇烈地搖晃。

在軍艦或貴人搭乘的船中，有一種被稱作法術船，能夠完全不受海面狀況影響的船隻。

不過那麼貴重的船隻，就算是富裕的國家也頂多只有一艘，遺憾的是，迪恩・德姆・烏魯斯替兩人準備的只是普通的帆船。

即使如此，在這個景氣好到前所未有和物流量激增的時期，還因為顧慮到基納納的狀況而替他們在最為混雜的往返威蘭德・伊薩和諾斯・夸塔斯的貨船中準備了一個房間，就已經夠讓人感激了。

雖然非常感激……

「好想飛……飛到某個……遙遠的地方……」

漆原對著船艙的地板，發出不成聲的呻吟。

他明顯是暈船了。

明明能夠若無其事地進行足以讓普通人的身體四分五裂的激烈空戰，但漆原不知為何異常地不擅長搭乘交通工具。

因為真奧、蘆屋、惠美和鈴乃都沒有這方面的症狀，所以單純是漆原天生的體質吧。

「沒想到你居然會暈船……我從來沒聽過有惡魔搭交通工具時會頭暈。」

「……」

漆原連反駁的力氣都沒有。

「你搭其他交通工具時，也會這樣嗎？」

「…………汽車，沒辦法搭長時間。電車，就算搭很久也沒關係。」

「真是普通呢。看來你真的是容易暈車的體質。那至少到吊床上睡吧？在地板上睡不會痛嗎？」

雖說是船艙，但這畢竟是貨船。

所以沒有像床那樣的奢侈品，只有兩張用彷彿只要一扯就會鬆脫的金屬零件固定的吊床。

「如果躺在那個上面，我真的會死。躺在地板上反而比較能撐得過去。」

「是這樣嗎？」

按照物理法則，在穩定的海面上，吊在空中的吊床是最能維持水平的設備，但暈船的原因，並不是只有因為覺得晃而已。

身體的感覺與視野的落差、強光、味道，以及在密閉空間中無意識產生的壓力。

既然暈船的原因有很多種，本人又覺得現在的位置比較好，那還是別勉強移動他比較好。

「里德姆和法雷先生給我們的便當，如果今天沒吃完應該會壞掉吧。」

「別跟我提食物的事啦……」

「我可以把你的份給基納納先生吃嗎？」

「……隨便妳。唔噗！」

漆原用眼角看見萊拉打開基納納的籠子，將看似三明治的東西遞給他。

基納納動了一下鼻子後，就開始像隻普通的蜥蜴那樣，緩緩吃起了三明治。

「……」

之前在二〇一號室亂咬一通的景象簡直就像是騙人的一樣，基納納在從魔界的地下設施回來後，就徹底失去了生氣。

甚至讓人擔心起這樣長途跋涉，是否會更加消耗他的體力。

他變得很少說話，即使像現在這樣回到有魔力存在的安特．伊蘇拉，也不用擔心他會像以前那樣變大。

如果基納納就這麼死了，不曉得會對阿斯特拉爾之石造成什麼樣的影響？

「唔噗……」

不過想吐的感覺打斷了漆原的思考。

好久沒有覺得這麼不舒服了。

就連上次搭佐佐木家開的車去長野時，都沒有暈得這麼嚴重。

明明頭和胸口都感到非常不舒服，漆原卻沒辦法吐。

「可惡……」

因為漆原趴在地板上，每次船劃破海浪時，產生的震動就會沿著地板傳達到體內。

船體不斷發出擠壓聲，明明自己就在船內，卻搞不懂聲音是從哪裡傳來。

在連光都照不進來的狹小房間裡，根本就不曉得外面是什麼狀況。

這一切都讓漆原感到不快。

要是能出去外面就好了。

明明自己本來就沒有理由被困在這麼狹窄又陰暗的場所。

「路西菲爾？」

「……」

「喂，路西菲爾？振作一點啊？」

「…………別搖我。會想吐。」

「咿！」

在意識逐漸遠去的瞬間突然被萊拉劇烈搖晃，讓漆原暈船的症狀變得更加嚴重。

「啊……」

漆原一說要吐，萊拉就逃到了船艙內的另一側，但不曉得是不是心理作用，在漆原緩緩起身時，萊拉覺得他的眼睛恢復了光芒。

「……我去甲板吐一下。」

「路、路上小心。」

「啊，對了。萊拉。為什麼我會在月亮分裂之前，被塞進那張床裡？」

等漆原隨口提出的疑問傳到萊拉耳裡時，她瞬間露出彷彿看見了死神的表情。

「在撒塔奈斯亞克地下的，那張醫療用床。那是為了我準備的吧？」

「路……路西菲爾，那是……」

「咦？還是說該不會……」

漆原用因為暈船而失去血色、浮現出黑眼圈的眼睛無力地笑道：

「妳也忘了嗎？」

「……」

不知為何。

萊拉無法回答。

「也許大家或多或少都是這樣。看來加百列那邊也沒辦法期待了。」

漆原丟下變得像戴著面具般面無表情的萊拉，走出船艙。

狹窄的走廊不斷搖晃，因為光線也同樣照不進這裡，所以顯得十分陰暗。

漆原踩著搖搖晃晃的腳步，扶著牆壁緩緩前進。

膝蓋不斷顫抖。

胸口好悶，喉嚨深處充滿酸味，感覺口好渴。

「啊……對了，原來是這樣。可惡，不過契機居然是暈船……就不能讓我用帥氣一點的方式回想起來嗎？」

漆原忍耐著別把胃裡的東西吐出來，不斷從船內往上爬。

中途沒遇見任何人。

這本來就是艘貨船。因為航行時間並不長，所以除了漆原他們以外的乘客，應該都在房間裡或甲板休息吧。

漆原拚命爬上樓梯，他一打開通往船上甲板的門，陽光就狠狠刺入已經習慣陰暗的雙眼。

「唔噁……」

強光也是暈船的大敵。

即使感到頭暈目眩，漆原還是勉強衝到船緣，把頭伸到外面大吐特吐。

「唔噁噁……」

掉進閃閃發光的水面下的各種嘔吐物，一下就流到了船的後方。

明明感覺風沒那麼強，大概是潮流和風向搭配得好吧。

感覺船航行的速度比想像中還快。

「啊……好刺眼。」

儘管身體狀況稍微恢復了一點，但漆原本能地理解到把東西都吐完後，暈船真正的階段才正要開始。

他憂鬱地仰望天空。

或許是上空的風向不同，散布在藍色天空中的稀薄雲層，像是受到陽光的壓迫般緊追在船的後面。

「這藍天和白雲真是令人生氣。啊～要是夏天的Villa・Rosa笹塚有冷氣，就真的太棒了。」

就只有在漆原的眼裡，藍色的天空逐漸變成狂風肆虐紅色的天空。

「即使如此……唉，我只記得當時也感到十分暢快。啊～可惡，這就是所謂不堪回首的過去吧。想把臉埋進枕頭裡掙扎就是這種感覺啊。我竟然真的做出那種事。」

從漆原的眼角，流下一行清淚。

然後漆原不自覺地說出了在他極度漫長的人生當中，也不記得曾經說過的話。

「居然叫了爸爸和媽媽。唔噁噁噁……呸！」

將難為情的記憶連同嘔吐物一起吐出來後，漆原再次朝海面吐了口口水。

──待續──

作者，後記 — AND YOU —

所謂打工處的店長，對許多人來說應該就是「除了父母和教師以外，首次接觸到的社會人士」吧。

基本上對許多學生打工族來說，「店長」是第一個即使對自己擺出長輩的態度，也無法像面對父母或教師時那樣反抗，平常也不會特別親近自己的大人。

「店長」是店家或事務所的負責人，他們工作時的身影，應該也曾讓人產生「該不會父母在公司也是像這樣工作吧」「自己開始工作後，是否也會是這種感覺」「真想成為像他那樣的社會人士」或是「真不想成為像他那樣的社會人士」之類的感想吧。

在和ヶ原的人生中，曾經出現過三個令人難以忘懷的「店長」。

第一個是在某個鬧區開店的知名居酒屋連鎖店的店長。

居酒屋連鎖店的店長基本上都是經歷過各種大風大浪的強者，在那些久經世故的人當中，有個並未因此失去天生的爽朗和善良，明顯比周圍的人優秀一截的超能幹店長。

幹部職員和打工人員對他的印象都非常好，在總共有三百個座位的店裡，連續兩天內外場加起來都只有六名員工，這種地獄般的經驗，也是在那位店長底下工作時發生的事。

「今天也當成運動會加油吧。」

神奇的是，光是這樣的一句話，就能激起人們的幹勁。

所謂天生的騙子，應該就是指這種人吧。

第二個是我大學時打工的家庭餐廳的店長。

「將來找工作時，絕對不要進餐飲業。」

這是他的口頭禪，而且經常在員工面前抱怨薪水和待遇。

然而不可思議的是，他不僅工作認真，深受客人歡迎，錄取的打工人員通常也都會待很久。

因為偶爾會看見他累得躺在不到一坪半的更衣室裡昏睡，讓人忍不住懷疑他其實不討厭這份工作，但總之他絕對非常「適合」這個業界。

本人的喜好和能力是完全不同層面的事，他就是我看過的第一個實例。

最後一位，是至今仍和我有往來的某個居酒屋店長。

他是個前橄欖球員，並擁有我人生中碰過最堅硬的肉體，即使同時罹患了流行性感冒A型和B型也完全沒發現，每次吃秋刀魚時都會把整條魚吃得一乾二淨，在莫名其妙的方面發揮超人體質，像是在用自己的生活方式體現人生最大的資本就是身體的人。

雖然身體不像他那麼強健，但他與和ヶ原意氣相投到讓和ヶ原覺得自己二十年後，應該也會變成像他那樣的人。這也是他被列入讓和ヶ原畢生難忘的店長前三名的主因。

本書是講述一群在讓許多人難以忘懷的「店長」周圍，拚命工作的人們的故事。

《打工吧！魔王大人》已經出到第十八集。

雖然感覺已經快要進入劇情的最高潮，但在故事寫完之前，就連作者也不曉得這部作品會變成什麼樣子。

究竟本作將會迎來什麼樣的結局呢？

明明在討論結局的話題，結果這部長篇作品最新一集的主題卻是「打工處的店長」，這樣真的沒問題嗎？這點就只有未來的作者和讀者能夠知道了！

那麼，我們下一集再會吧！

勇者無犬子 1~2 待續

Kadokawa Fantastic Novels

作者：和ヶ原聡司　插畫：029

拯救異世界前就先陷入補考大危機！
前途叵測的平民派奇幻冒險！

升上高中三年級後的首次定期考，康雄竟拿了三科不及格！與此同時，一名新的異世界使者哈利雅來到康雄等人面前。身為蒂雅娜上司的她，反對康雄進行勇者修行，甚至追殺到學校。與此同時還被翔子誤會他和蒂雅娜的關係，兩人之間尷尬不已……

各 **NT$220~240/HK$68~75**

國家圖書館出版品預行編目(CIP)資料

打工吧!魔王大人 / 和ヶ原聡司作 ; 李文軒譯. -- 初版. -- 臺北市 : 臺灣角川, 2019.04-
冊 ; 公分
譯自 : はたらく魔王さま！
ISBN 978-957-564-841-1(第18冊 : 平裝)

861.57 108001911

Kadokawa
Fantastic
Novels

打工吧！魔王大人 18

（原著名：はたらく魔王さま！18）

2019年4月17日　初版第1刷發行

作　　者：和ヶ原聡司
插　　畫：029
日版設計：木村デザイン・ラボ
譯　　者：李文軒

發 行 人：岩崎剛人
總 經 理：楊淑媄
資深總監：許嘉鴻
總 編 輯：蔡佩芬
編　　輯：黎夢萍
美術設計：黃永漢
印　　務：李明修（主任）、黎宇凡、潘尚琪

發 行 所：台灣角川股份有限公司
地　　址：105台北市光復北路11巷44號5樓
電　　話：（02）2747-2433
傳　　真：（02）2747-2558
網　　址：http://www.kadokawa.com.tw
劃撥帳戶：台灣角川股份有限公司
劃撥帳號：19487412
法律顧問：有澤法律事務所
製　　版：尚騰印刷事業有限公司
ＩＳＢＮ：978-957-564-841-1